新时代生态文学作品选

纪念长江经济带发展战略实施 10 周年

山水之心

重庆市生态环境宣传教育中心
重庆文学院
- 编 -

中国环境出版集团 · 北京

图书在版编目（CIP）数据

山水之心：新时代生态文学作品选 / 重庆市生态环境宣传教育中心，重庆文学院编. -- 北京：中国环境出版集团，2025. 6. -- ISBN 978-7-5111-6213-7

Ⅰ. I217.1

中国国家版本馆 CIP 数据核字第 2025EU6292 号

责任编辑 田 怡 张 佳

装帧设计 今亮後聲 HOPESOUND 2580590616@qq.com

出版发行 中国环境出版集团

（100062 北京市东城区广渠门内大街 16 号）

网 址：http://www.cesp.com.cn

电子邮箱：bjgl@cesp.com.cn

联系电话：010-67112765（编辑管理部）

010-67175507（第六分社）

发行热线：010-67125803，010-67113405（传真）

印 刷 北京鑫益晖印刷有限公司

经 销 各地新华书店

版 次 2025 年 6 月第 1 版

印 次 2025 年 6 月第 1 次印刷

开 本 787 × 1092 1/16

印 张 19

字 数 230 千字

定 价 78.00 元

目　录

第一辑

大地的奇迹

第二辑

河流的眼睛

第三辑

诗意的栖居

第一辑

大地的奇迹

重庆山水，美到骨子里的一方水土

徐贵祥

中国作家协会副主席，中国作家协会军事文学委员会主任。著有小说《弹道无痕》《历史的天空》，曾获茅盾文学奖。

从江北出发，第一站是位于重庆市南川区的山王坪喀斯特国家生态公园。车子盘旋而上，一头钻进雾中，只能看见几十米内的树木和石笋。

以往我只知道广西、云南有石林，哪里想到，重庆也有这么奇特的石林。藤蔓缠绕，苔藓覆盖，仿佛石头与藤蔓和苔藓抱成一团，互相滋养。据说，这里每年至少有 200 天云雾缭绕，遍布藤蔓和苔藓。公园的工作人员说，这里的每一块石头都是有灵魂的，会发出生命的吟唱。一阵风吹过，就会带走一声咏叹。

一株老藤长成了老树，几条浑圆的、碗口粗的根茎紧紧地箍在石壁上，多半根体嵌入石中，仿佛浮雕一般，洋溢着勃勃生机，彰显了曲线之美、造型之美和生长之美。

走在似雨非雨的雾里，浏览石林千奇百怪的各种造型，让我想到了原始丛林。我甚至可以想象到，每当游人散去，夜深人静时，那些躲在洞穴里的动物，就会聚集到一块平地上，从高处寻找一块有月光的位置，排排座次，讨论讨论白天的见闻，对我们这个“生态文学采风团”评头论足，分析这群人是天使还是魔鬼。

冲出雨雾，来到德隆镇的茶树村。高山之巅，云海之中，一棵老树遗世独立。据说这棵茶树有2700年树龄，根部结满老年斑一样的树结，岁月让它一分为二，就像两条腿深深地扎在石头缝里，脚趾紧紧抓住泥土。它为什么能够如此长寿？——因为它低调，需求甚少，只需要阳光雨露。然而它活得那么顽强、那么滋润，即便已逾千年，它依然枝繁叶茂、春意盎然。

正当我们感叹老树的时候，本来阴云密布的天空渐渐晴朗，突然，眼前一亮，一片亮色聚光灯似的打在右前方的山坡上，大家颇感惊异。阳光向山顶飞奔而去，隐没在峰峦之间。这稍纵即逝的阳光，或许是天空特意绽放的一束花朵，照亮了茶树背后的故事。

当地朋友告诉我们，在德隆镇，百年乃至千年以上树龄的茶树超过1.7万株，这些茶树源源不断地向全国、全世界提供着老树新茶。手捧茶碗，我看到的是岁月，是抵御了人间烟火和欲望的生命。抿一口茶，能品到历史的味道。我们有理由相信，这棵老树是茶马古道上的有功之臣。

在彭水苗族土家族自治县的一个山坡上，一个敦实的汉子拿着话筒，如数家珍地介绍“阿依林海”和“红豆杉产业基地”。交谈中得知，此人名叫张幸福，是一位民营企业老板，拥有 3 万亩红豆杉产业基地。他说自己种树不计较金钱得失，就是为了让山更绿，让水更清，让人更富——780 户农民在他的企业里有股份，解决了许多乡亲的就业问题。听说我有 42 年军龄，他精神一振，立正报告。这才知道，此人是复员军人，当年在老山前线，我们的防区只隔了一座山。旋即得知，张幸福的企业，还为老兵做了很多公益。

说话间来到了山顶，举目远望，蓝天下云海涌动，群峰时隐时现。我说：“这云海面熟啊。”张幸福说：“是的，这是老山前线的云海，今天过来和我一起接待你。”倏忽想起，40 年前，我曾在云南省麻栗坡县攀上山顶眺望远方，云海尽收眼底，后来我写了一篇散文《海在天上》。

那天中午，我们破例喝了红豆杉酒，一杯接着一杯干，喝得酣畅淋漓。我对张幸福说：“你这个买卖做得值。”钱财这东西，生不带来死不带去，就要把它用到最值得用的地方。保护生态、保护环境、保护水土、保护未来、保持战士本色，就是最大的效益。

重庆之行的重头戏在黔江。到达小南海镇土家十三寨已经是下午了，我们参观了土家族农耕博物馆，在十三寨的摆手寨吃农家饭，边吃边参与民俗演艺活动。在这里，一位名叫李娜的土家族姑娘给我们留下了深刻的印象，张罗晚餐的是她，端菜的也是她，晚上几个作家聚在“竹园”聊天，搞服务的还是她，一会儿找来坐垫，一会儿找来纯净水，一会儿又找来茶叶，风风火火，忙得像陀螺似的。

第二天一大早，李娜一个人准备了30多个人的早餐。吃完早餐，我们在出发之前集合照相，李娜突然慌张地喊了一声："等一下，我去换裙子！"说完，跳上一辆汽车，飞驰而去。此时，照相的队伍已经集结，有人提出不等了。我也觉得，这孩子开着车子去换衣服，不知道什么时候才能回来，我们还要急着赶路。转念一想，这个孩子为了服务大家，连衣服都没有时间换，她喊的那声那么迫切，她是那么希望和我们合影，能等就等一会儿吧。就在摄影师即将按下快门的前一秒钟，我伸手挡住了镜头。我说："大家再检查一下仪容仪表，看看有没有扣错的扣子。"说完这句话，身旁和身后传来一阵会心的笑声，大家知道我要干什么，也都希望延长时间，等李娜回来。

果然，奇迹出现了，就在我们"整理着装"的时候，李娜突然从一侧跑到队伍前，穿着鲜艳的民族盛装，前后不过两三分钟。那一瞬间，所有的人都被感动了。之后看那张合影，女孩笑容灿烂，一脸阳光，还伸出拇指点赞。我很庆幸在紧要关头做了一件手留余香的事情。

阿蓬江是黔江区内第一大河流，源自湖北省利川市，注入乌江，全长249公里。一位名叫盘从玉的瑶族姑娘——后来知道，这位姑娘是濯水镇派来接我们的——领着我们，乘船游览碧水青山，登岸眺望油菜沃柑。天上的星星好像落到地上，但凡坡度稍微平缓的土地上，随处可见金灿灿、红彤彤的光源。

下午，两艘木船载着我们进入神龟峡，两岸旖旎的风光有很强的视觉冲击力。黔江区文化干部谢育齐站在船头唱起了民歌，小盘落落大方地与其对唱。歌词我记不全了，好像是一位路人向一位姑娘讨茶喝，茶客之意不在茶，总是打听姑娘家人的去向，姑娘总是以一句“喝茶就喝茶，哪来这么多话”开始作答，然后告诉客人，父母在哪里，姐弟在哪里……问来问去，答来答去，最后女孩告诉了客人：“妹子噻今年一十八……”歌声戛然而止，余音在江面缭绕。

这首民歌刻画了一对青年男女微妙的心理，客人步步紧逼，女孩机智俏皮。妙就妙在含蓄，美就美在淳朴，说它是情歌吧，好像比情歌少了一点儿什么，说它不是情歌吧，里面又蕴含着呼之欲出的缠绵，真是意味深长。

半个小时后，我们来到了濯水镇蒲花暗河，除了“鬼斧神工”这个成语，再也找不到更合适的形容词了。我们惊叹于“天上三桥”，更惊喜于“苍天有眼”。行驶在一段并不太长的暗河里，尘世已经远离，时间回到过去。聆听水面，仿佛听到了古代江面的船工号子，仿佛听到地球那边传来悠扬的琴声。此时此刻，一个念头倏然涌出。莫非这条暗河是自然之神设置的一个驿站，等待我们今天前来“打卡”，并由此进入遥远的时空，揭开历史之谜、天地之谜、山水之谜和生命之谜，找到那把人与自然和谐相处的钥匙？这太神奇了！

离开蒲花暗河，著名的风雨廊桥披着一身夕阳，安静地等着我们。这座德高望重、风情万种的全木长桥，就像一行蜿蜒的诗句，闪烁在大山

这座德高望重、风情万种的全木长桥，就像一行蜿蜒的诗句，闪烁在大山深处，同仍然古色古香的濯水老街交相辉映，吟唱着少数民族地区几千年的文化。

深处，同仍然古色古香的濯水老街交相辉映，吟唱着少数民族地区几千年的文化。

山好水好，说到底是人好。

在返程的路上，我一直在想，为什么是这里？为什么这里的山那么青、水那么绿、天那么蓝、云那么白？重庆市生态环境局干部刘芹的一句话给我们留下了深刻的印象：进入重庆境内的水是Ⅱ类，离开重庆还是Ⅱ类，有的地方我们把它变成了Ⅰ类。黔江城镇的污水处理覆盖率达到了95%以上。

李白有诗云：黄河之水天上来。在我看来，一切都是从土地上生长的。石林的水、茶树村的水、阿蓬江的水，经过树木和藤蔓、苔藓的净化，经过岩石、泥土和人工的洗礼，流向黔江，流向乌江，流向长江，成为长江中下游的生命之源。

在采风小结会上，有位作家说，很多人以为黔江是贵州的。我表达了这样的观点，通过此次采风，我们要告诉人们，黔江不仅是贵州省的，也不仅是重庆市的；黔江是中国的，也是世界的；是过去的，也是未来的！

岩石上的春天

李元胜

诗人、博物旅行家。曾为重庆文学院专业作家，现任重庆市作协副主席、中国作协诗歌委员会委员。曾获鲁迅文学奖、《诗刊》年度诗人奖、人民文学奖、十月文学奖、重庆市科技进步二等奖等。

中国故事

在缺水的贫瘠处，干枯的苔藓有如红锈，仿佛是昔日生命留下的浓重印记。其实，它们的故事并没有结束，一旦春雨绵绵，这些透支了水分的藓类就会再次醒来，开始下一个年轮的生长。

一

驾车离开银百高速，沿着重庆市南川区的乡村公路盘旋而上。

窗外，银装素裹，却不是春雪。春雪是慷慨的、均匀的，洒向高楼，也洒向土屋，不分对象，一律通通抹白。眼前的白色却是挑别的、有区别的，只在看得上眼的地方出现，一团一团的。

仔细观察，会发现白色全是由花团组成，而且，它们是有阵营的。从头顶的悬崖直到树林的边缘，全是长瓣花朵倾泻而下，无数花瀑野气十足，极为壮观；而田野的花团却是一簇一簇的，各自懒洋洋地开着，一副淡定不争的样子。

有过多次野外探访的经历，我远远一望，便知遍布山林的是木质藤本的小木通，春天正是它们生长的季节，各种灌木乔木只是它们暂时的花架。同期还有一种大花小木通，花瓣更为硕大，但在铺天盖地的小木通中很难被发现。散落田野的多数是李树，当地人酷爱江安李，树皮多裂纹，更显得沧桑，与娇嫩细薄的李花对比强烈。偶尔，也有早开的梨花混在其中，很容易分辨，梨树的个头儿比李树要高大多了。

两个阵营的白色，像是在对峙，又像是在对话。或者，它们只是共同组成了此地春天的白色二重奏，为接下来的无尽花事隆重开幕。自然与人类的关系，就该像这二重奏一样：既有对抗，又有默契。

小木通几乎不涉足草地或湿地，作为一种野生铁线莲，它们的根须怯水，偏好崖边，喜爱在岩石众多的山坡甚至石缝处生长。林缘外的田地，岩石已被人们集中清理，它们也就没了立足之地。像这样的原生植物很多，耕地甚至耕地周围，已不再是它们适合的环境，只好逐渐退却到更为陡峭的地带。

车在海拔 1300 余米的山王坪停了下来，我们沿着步道慢慢向前，此行是去体验一种独特的生境——生态石林。

山王坪被外界熟知是因为它的双色林。秋天，山道一边的水杉林变为金黄，另一边的柳杉林则仍然青绿，奇异的景致适合从天上俯瞰。我对人工林兴趣有限，双色林也就看过一次，而对生态石林却是百看不厌的，它更像一个万花筒，随着季节的转动，会呈现出截然不同的景象来。

见我兴致勃勃，一位朋友迟疑了一下，还是忍不住提醒道："这个季节早了点儿，你喜欢的可能还看不到。"南川区的文友，都知道我最爱蝴蝶与野花，像是为了印证他的话，山顶雾气渐浓，眼前景物立刻变得模糊。

"无妨，石头好看，至少还有苔藓。"我一边回答，一边努力睁大眼睛，生怕错过什么。

这话还真不是安慰他，或者安慰自己。有苔藓的石头，真的很好看，也很耐看。而且，苔藓远比人们想象的更重要。可以说，喀斯特地貌的整个生态，最初就是由不起眼的苔藓塑造出来的。

千奇百怪的石头，出现在小径两边，上面都毫无例外地长满了各种苔藓。雾气删除了背景，让每块石头都像一个完全独立的"绿色星球"。

苔藓是地球的拓荒者，是陆地露出海面时的生命先驱。它们有着后来的植物所不具备的一些特点，比如，同时能在陆地和水里生存，具有超强的吸水和保水能力，它还能分泌酸性物质并把坚不可摧的石头逐渐转化为富有营养的土壤。

在一块竖立的巨石前，我舍不得走。它上面长着好几种苔藓，有的具匍匐主茎，有的密集丛生。岩石的褶皱处已被它们开垦出了厚厚的附着层，上面长出了岩白翠这样的野花。下面的石缝里，长着藤本植物，我辨认出了其中的岩豆和崖爬藤。在缺水的贫瘠处，干枯的苔藓有如红锈，仿佛是昔日生命留下的浓重印记。其实，它们的故事并没有结束，一旦春雨绵绵，这些透支了水分的藓类就会再次醒来，开始下一个年轮的生长。

这样一块巨石，简直就是一部浓缩的苔藓拓荒史。在它们的身后，出现了维管植物，出现了动物，出现了人类，而它们的拓荒仍在继续。

山脚下的岩白翠，早已开花，而此处的岩白翠还在寒风中发抖，连花苞都还没敢伸出来。大娄山脉的通泉草属有两个“小美人”，一个是美丽的通泉草，另一个就是岩白翠，它们都有迷人的吐着“舌头”的蓝花。

同样没开花的，还有牛耳朵和厚叶蛛毛苣苔，它们长出了厚厚的新叶，我忍不住伸手摸了摸，前者软软得像毛毯，后者有点儿像略硬的枇杷叶。这两种苦苣苔家族的野花，长在草丛中如猪草，长在岩石上如仙女，咫尺之间的区别，无异于人间天上。

适合在石缝生长的，还有虎耳草，简直无处不在，有些地方长满一壁。我很期待看它们开花的样子，一定是无数根须垂下，无数白里透红的花朵星星点点。

终于，在离开步道往乱石中深入几步后，我看到了堇菜属的紫花地丁和紫花堇菜，前者就在路边，怪不得城市、田园里都能见到，后者只在岩石上的附着层开花，一副隐于荒野的清高模样。

朋友们都消失在浓雾的前方，我像队伍里一条拖得很远的尾巴，不时被奇石以及寄生于其上的植物世界挽留下来。这里的生态系统非常完整，除了描述到的，还有大树直上云霄，以及从空中抛下的天梯般的巨藤。记得有一年初夏，我在这里看到过满天繁星般的猕猴桃花朵，而现在，它的藤本混在各种藤蔓中，难以辨认。

探访的尾声，山王坪给了我惊喜——在水杉林下面，出现了连成片的山酢浆草花朵，只是都在低头避雨，没有展现出本来的风姿。穿过树林，我在岩壁上又看到了南川紫堇，花开如一群白天鹅，尾部带一团紫红。再晚些时候，天鹅飞去，就会露出绿色的豆荚，而豆荚里会长出星尘般的种子。南川紫堇近几年才为人所知，它们喜欢生长在岩石上，花序悬垂于半空中，姿态相当优雅。

生态石林的生境，是我国西南的大娄山脉的缩影，虽为岩溶地貌，但前有苔藓家族开拓，各种适应贫瘠环境的木本藤本植物长出发达的根须，根须之网在岩石上兜住了新生的泥土，如此良性循环，创造出了独特的生态系统。

20 多年间，我在山王坪所在的金佛山考察，见到退耕还林，见到土地逐渐恢复成荒野的过程，如此，石漠化的阴影才没有降临到这样的山区。

二

彭水苗族土家族自治县的阿依林海，一条山道沿悬崖蜿蜒向前。

透过薄云的间隙，能看到下面的山水，我感觉自己仿佛置身一幅巨大山水画的半空中，内心不禁泛起涟漪。

如果在山王坪是雾中观苔，那么，在阿依林海称得上是踏云寻花了。

我的目标有两个，一是木姜子，二是野樱花。二者我都见过多次，说是老友也不过分，但在新的春天里，有在野外细细观赏的机会，仍不想错过。

在来的路上，从车窗外我已看见了盛开的木姜子花，在一片绿色中那一簇簇金黄，格外耀眼。这就是集体旅行的缺点，只能默默叹口气，假装没看见。总不能大呼小叫，让司机停车，再让一车人等我赏花呀。

到达林海观景点——其实是长条形的山脊，仅看两边的话，也像是桌状山的地貌。我环顾四周，在尚未成年的红豆杉林边缘看见几枝黄花，花略显单薄，感觉不像木姜子。

在樟科植物中，有伞形花序并开小黄花的不少，花期也十分接近。对这些开在半空中的花团，只能靠猜，不过猜的次数多了，就能根据其气质大致判定。

反正附近也没有别的目标，干脆钻进了小树林，来到黄花面前，花小若豆粒，摘下几朵用手指一揉，再放在鼻前，果然不是木姜子。

木姜子的气味太特别了，既尖锐又清新，是西南民众的最爱。木姜子的果实，煮汤要放，吃鱼要放，连煮面条、拌凉菜也可以放。没有条件的，就用木姜子的果实精华萃取成木姜子油，只需几滴，就能让餐桌瞬间拥有山林的野气。

不过，对木姜子的气味，爱的人爱得欢喜，恨的人恨之入骨，凭借一缕气味，便可以把人群分为两类。这个划分，比用折耳根更为简明，因为并没有可以左右摇摆的第三类人群。

同行的小说家张者，提到木姜子，连声音语气都变了："那是个啥东西呀？一股洗衣液的气味，怎么吃得下去！"

附近两位木姜子的"拥趸"听到此言皱眉，扭头平静地看着他，目光里带着一丝不善。

我沿着临崖小道快步向前，希望能在勃发的新叶里突然看到一簇金黄。路边，不时有岩石突出地面，如蜷缩在一起的牛群，上面长满了各种植被。

毫无例外地，是苔藓打底，蕨类附身，然后纠缠藤蔓展叶开花。每块岩石都在沧桑里生出点点新绿，春天已经在它们身体上完全苏醒。

看得我兴致盎然，干脆离开步道，绕过山莓的刺藤，去看岩石的另一面。这里距悬崖边沿还有几米，初春的草丛中无蛇，还算安全。

果然有所发现，在零星的冠丛和过路黄的上方，岩石最陡峭的立面上，竟生长着一大簇吊石苣苔。要说爱石头，吊石苣苔爱得最无保留，其他的石生植物，可以生石上，也可以生树上或干燥的坡地，而此物非石头不落，偏执而又骄傲。而我恰恰特别喜欢这份骄傲。

开着秀气的花，枝干和叶片却有如披甲武士，吊石苣苔有着小灌木的形态。我探头探脑，左右察看，发现花苞尚未出，叹了口气，原路返回小道。

又走了几百米，悬崖边出现了开满小黄花的乔木，从气质上我认定它们就是木姜子，毫不犹豫地小心靠近，用镜头瞄准了斜斜递到我身边的一枝，眼里立即金光闪耀。这才是木姜子，它们的花组成锥形花序，密集地挤在一起，特别有成团的感觉。之前见到的别的樟科植物的小黄花，明显稀疏多了。

很有把握地摘下几朵，凑到鼻前，立觉神清气爽，那一如既往的清新与尖锐，像仙人，也像诤友——任何植物的香气都无法替代。还有两种植物有类似的香气：云南的香茅和川滇香薷。两种植物香料我都成功地在家里种活多年，但其气味在尖锐方面就逊色了许多，更温柔，称不上“诤友”。

距离下车处已有 1 公里多，想到不能脱队太远，便转身快步返回。

午饭后，有 2 小时的自由活动时间，正好漫步丛林仔细观察山脊另一边的植被及环境。从木屋区顺着台阶向上，台阶两边东倒西歪的全是蜂斗菜，这种野花有点儿像憨憨的大头娃娃，细看其实头状花序上的小花挺精致。蜂斗菜特别适应人类对环境的影响，像是大自然派出的好奇宝宝，新辟的小道两边总有它们的脑袋。

往上，岩石密布如放大了的盆景。这边山顶有树林，不像崖边小道那样空旷，岩石上的青苔长得格外肥厚，蕨的种类明显更多，特别是石韦，在苔藓的掩护下凌空舒展叶片。最硕大的是庐山石韦，我用手机里的测距仪测量，叶片宽 4 厘米、长 15 厘米，妥妥的石韦中的“巨人”。

一片绿色中，岩石间的火棘还挂着去年的红果，取了几粒放进嘴里咀嚼，比秋天时更甜，似乎还略有酒香。这相当于葡萄的晚收果吧，要的不是果汁最饱满时的果实，而是让其自行脱水酿造。这么说，空中挂着的全是红彤彤的小“酒厂”了，它们可比人类的酿酒历史早多了。

转身再看，林下全是常春藤，它们从悬崖下一路攀登至山顶，再进入林下，就各自把树干当作岩石，继续向上。俯身望去，林间全是昂首向上的藤尖。

走出树林，就看到了一直寻找的另一个目标——野樱花。武陵山区的野樱种类不少，既可以统称为野樱花树，也可以称之为野樱桃树，因为都有果实，也全部可以食用，当然，口感区别很大。

这里是山顶的风口上，野樱的花朵看似不密集，其实是花瓣多被吹落，只剩下了长长的花蕊。一只剑凤蝶围绕着这株野樱花忽高忽低地飞着，让我眼前一亮，但我知道它不会落在花上的。剑凤蝶最爱的是醉鱼草，其次是农民所种的萝卜花和大葱花，偶尔也会在垂丝海棠上稍作停留。果然，在我的怦怦心跳中，剑凤蝶拖着长长的尾突拉高、飞远，再不回来。

我沿着崎岖的小道在石阵中继续行走，发现在相对平坦的极小空地上，已经种上了红豆杉的树苗。

以前，勤劳的武陵山区农民，绝不会放过石间的空地，都会种上高粱、土豆之类的作物。这种耕作方式破坏了喀斯特地貌脆弱的生态，最严重的时候，彭水石漠化面积接近全县总面积的四分之一。

十年退耕还林，十年生态造林，石漠化区域渐渐变成了红豆杉、山桐子、脆李等经济树木与野生植被共生的良好生态环境。

正在思量着身边环境的变化，忽见半山有一株野樱花，如飞雪压住了整个灌木林，心中一喜，赶紧抄小道向那边走去。

三

公元 1856 年，一次地震，溪谷被堵塞，竟形成一个堰塞湖。

车在小南海湖景里一路向前，没有停留，向着春色深处的黔江区土家十三寨而去。车窗外，同样有两个阵容的花团在对峙，或者说——在对话。

溪谷两侧平坦之处，油菜花盛放。正是一年油菜花最美的时节，它们每一枝都是闪耀的楼梯，共同构成了边缘整齐的黄金军团，沿着坡地逐渐抬高，便又有一块又一块明亮的黄色出现。

坡度更为陡峭的悬崖、山地则是常绿、落叶阔叶混交林的领地，落叶树木光秃的枝干上新芽迸发，常绿树木则在深色枝叶里举出嫩绿，而它们不是主角，只是脚手架、舞台。

溪谷两侧平坦之处，油菜花盛放。正是一年油菜花最美的时节，它们每一枝都是闪耀的楼梯，共同构成了边缘整齐的黄金军团，沿着坡地逐渐抬高，便又有一块又一块明亮的黄色出现。

出乎我的意料，主角竟是不起眼的菊科草本植物千里光。它们那黄色的花朵从各处悬崖倾泻而下，借助乔木和灌木的支撑，形成了浩浩荡荡的灿烂“瀑布”。和油菜花军团不同的是，这些“瀑布”肆意挥洒，杂乱又富有生机，漫山遍野。

这是人类与自然的又一曲春天里的二重奏，只是由白色变成了黄色。

河谷中的土家寨子群落，有历史悠久的人文奇观，是受人欢迎的景区。同行者从李树的繁花下走进民俗生态博物馆，我却在院子门口止步了。天色尚好，寨子边就是山崖，有小路如天梯伸进上方的花丛，还不如去探访一下此间的崖上春色。

路边有狭条形的小块菜地，菜地尽头就是崖壁。和在山王坪、阿依林海看到的不一样——那些地方的崖壁多为石灰岩或岩浆岩，质地坚硬，可以直接生长苔藓和蕨类植物，而此处的崖壁却风化严重，看不出岩石类型，有些崖壁甚至是碎石和泥土压缩而成，似乎用手指便可以将其逐渐掏空。

还好，绝大多数崖壁并不裸露，而是被树林或杂灌覆盖，植被的根系，在我们看不见的地方互相挽在一起，把这破碎的山崖牢牢固定。保护良好的生态环境需千万年之功，而破坏它们只需短短几年、十几年，想到这里，我不由得暗暗心惊。

点点白花，把我从沉重的思绪拉回现实，定睛一看，竟然不认识。

它们生长在崖壁上，和下面的菜地保持着距离。崖边的碎石如流沙，上前一步，滑回半步，靠近它们很不容易。尝试几次失败后，我把相机放回双肩包，一手抓住岩石，这样才稳住身子，继而高举手机拍了几张。

回放照片，认出是心叶碎米荠，算是碎米荠属的大美人了，即使和报春花比也不逊色。满心欢喜地回到小路上，继续观赏悬崖上的其他植物。

第二天清晨，我从鸟叫声中醒来，正在犹豫要不要立即起床。手机嘀嘀一响，在手指下弹出照片，是一只水墨画风的大蚕蛾静静地趴在地上。是同行的小王拍给我看的，此时，他正在吃早餐的院子里等主人煮面条。

樟蚕蛾！这是我一直想在野外亲睹的漂亮蛾类，却尚未如愿。因为它的羽化时间在早春，而我们很少在这个季节灯诱，没有灯光它们可不会从树冠层自己下到地面来。

我翻身起来，只用一分钟就穿好衣服，提着相机一路小跑。此时天光大亮，这只被灯光诱来的蛾类明星，随时都会振翅飞走。

还好，它给了我足够的拍摄时间，才扑腾着毛茸茸的翅膀飘然而去。

整整一天时间，我们都在黔江看水。看土家十三寨的溪水，看小南海礁石间的水，看阿蓬江神龟峡的水，在蒲花暗河看溶洞中的水，也看倒影里的岩石与翠绿；也看别的：看小镇附近的污水处理厂，看人类使用过的水在达到什么样的标准后才能回到大自然中；看江边山体的人造林治理，看如何艰难而漫长地在石漠化区域进行植被恢复。

两条线索的观察，其实是同一件事情。当我们逐渐找到和自然最好的共处方式时，岩石上从苔藓开始的生态恢复才会重新开始，人间的水才会重新变得清澈。

聊到这个话题，濯水镇的一位陪同者说："很幸运，我们找到了桑树。它根系发达，特别适合在土地稀薄的地方生长，在恢复'石旮旯'生态的同时，还能创造效益。"

"要让桑叶长得好，难道不翻土不除草？"我有点儿困惑。

"要区别对待，山下桑田里的可以翻土，但不需要年年翻。但是'石旮旯'里种的桑树，本来就是为了固土恢复生态，在不具备条件时不会翻土。"他解释说。

以前的乡下，田埂上都有桑树；也不知从何时起，桑树的身影渐渐消失了。没想到，在濯水，它被重新起用，还能建此奇功。

交谈间，船在阿蓬江上徐徐前行，水面上是无边的山崖和春天。

金佛山，杜鹃香

关仁山

著有小说《日头》《麦河》等，长篇纪实文学《感天动地》《太行沃土》等，出版十卷本《关仁山文集》。作品曾获第五届鲁迅文学奖、中宣部第十一届全国“五个一工程”奖、第十四届中国图书奖等奖项。

重庆有太多美丽的地方，如南川的金佛山。

金佛山散发疏朗而神秘的气息。我们坐着缆车登上金佛山，这种气息潮水般向我涌来。我试图与那种神秘的气息沟通，融合，找到永恒。人生渴望永恒，可是没有什么是永恒不变的。听从它的语言和指引，我要经历一次追问和探寻。金佛山的风过于清冽，过于缥缈，让人难以捕捉。生活是累心的，需要我们认真地发掘生活之美。我们要善于采撷，善于与美对话，善于在自然的风景中找到新的风景——这新的风景就是康养。

鸟儿们灵动的身影和悦耳的叫声，吸引着我们。这里的空气温润、清澈，含氧量高，天然的康养圣地。在说到南川康养之时，还要迫不及待地说说南川的东街。走进家庭记忆馆，带我们回到20世纪七八十年代的家庭氛围，让我们有一种亲切、温暖的感觉，我们的手抓不住岁月，岁月飘逝，这家庭记忆馆却储藏了无尽的文化记忆。它的创意极好，心里的，梦里的；存在的，回忆的……该留下的都留下了，南川是有历史的，南川有雄厚的历史，也有今天的辉煌，其中隐藏着多少故事啊！那是梦幻般的意境，颇为赏心悦目。一语惊醒梦中人，我们好像从梦中醒来，看南川的建筑，现代化的高楼大厦间打造的东街，别有一番风味。我似乎已成了南川的一分子了。

看着打造的残败的墙壁，悬挂的老物，老旧的火车，带给我们非常深刻的哀伤之感，还有现代人对历史苍凉的追念。它笑看历史的风云聚散，让我们与历史相识，让城市留下记忆，给人们留下乡愁，给我们留下谜语，留下疑问，也给我们留下了无尽的思考。我生命的一部分，已经悄悄潜入东街的骨血，灵魂突然地飞起，超越了灰黑的城墙，并在飞翔中体味古城的独特味道。这里意象通明，透出一种温柔淡定的平静。我们的手抓不住岁月，岁月像飘零的云朵般溜走，可这家庭体验馆却存储了那个年代历史文化的记忆，引发我们无穷的想象，让人觉着奥妙无穷，意味深长，别有风韵。

据说，东街文旅商业项目从进场到施工再到开街运营，仅用了一年半时间，创造了新的“南川速度”。

这里的风景朴拙而深奥，极有韵味，极为独特。南川人常常不无自豪地说：我们是重庆南川人。

其实，南川最让人瞩目的胜景还是金佛山。

南川金佛山有怎样一种美呢？金佛山是世界自然遗产、国家级自然保护区，位于云贵高原和四川盆地交会处，是大娄山脉最高峰。不仅山峰奇崛，而且具有古朴、端庄和开放之美。是的，在这座生物宝库里，近万种动植物和谐共生。银杉、方竹、大树茶、银杏、杜鹃——因其稀有，被誉为“金佛山五绝”。

爱山的人，都是热爱生活的人。生命并不宽裕，爱和恨难以完成。生活与文化接通靠什么？靠人的信仰，靠国学文化。大山是载体，大山代表坚实、豁达和淡然，是生命超拔的大道。轻轻地走过去，就会别有洞天。这样的金佛山是有生命的、是有灵魂的，我们仿佛看见金佛山通灵的痕迹，判断出它的内在情感。其经历像银幕故事，上演了古往今来的波澜和传奇。特别是大山上的佛家溶洞，给我们无比惊人的震撼！

一切尽收眼底，又感觉什么也没有，远古的气息追随着我，让我有静悄悄的孤寂。但是，洞里的大佛让人感到无比温暖。

我发现溶洞的入口很小，从狭窄的过道钻进去，到了里边却猛地开朗，别有洞天。没有冷硬的姿态，只有惊奇的瞬间。走入溶洞参观，那是无限陶醉的神情。我曾痴痴地想，这些人类奇观是怎样形成的？古人在这里生活过吗？要是让我穿越到那个时代会作何感想？

聆听金佛寺的钟声，祈福得福，祈愿如愿。

佛总让我们找到路。据说，发现溶洞的是一位采药的农民，他误入溶洞，里面没有灯光，三天三夜走不出去，他就跪在石佛像前跪拜祈祷，流水的声音带着他走出了困境，回到人间。从此溶洞被开发出来。金佛山上有许多价值连城的宝藏，但是，获得宝藏需要艰辛的跋涉。在漫长的岁月里，无数孤寂的夜晚品尝着愁绪。于是，便有了人在途中的思考。溶洞的农民面临生死考验的时候，是坐以待毙还是后退求生？这种思考是短暂的，也是长久的，这样的生死抉择是对人勇气和决断的极大考验。我不知道世上还有什么考验比生死更严峻。那是佛家的祝福，也是人类精神的超越。宗教传播爱，爱所有人，爱得真而深，真了，深了，便会体味到独特。我愿怀着炽烈的爱去欣赏溶洞和佛。所以，我希望自己有一颗琴心。

那不是归人，是匆匆过客。

只有到了金佛山，历史中的一切尽收眼底。深入历史深处，飘荡着岁月的风情。远看像沉睡的卧佛，太阳升起的时候，满山的辉煌，好像世界被重新分娩了一次。

这里有植物活化石银杉，号称植物中的“大熊猫”。在金佛山上竟然有一千多株。据说距今约 250 万年前，第四纪冰川覆盖大部分北半球地区，导致大量动植物灭绝，金佛山地处渝黔交界，北面秦岭，南接大娄山，一座座山峰高耸，如一道巨大的屏障，阻挡了冰川小袭击。动植物由此躲过了灭顶之灾。

银杉覆盖金佛山，我们可以想象，当年该是怎样的盛景啊？

灯光、明月和繁星散发着晕光，夜来无眠，我的心像飘忽的光。在今天的物质生活中，当我与庸俗的日子绝望拉锯的时候，必然的创伤如期而至，此时，我就格外崇敬历史上建设金佛山的使者，他们在金佛山安营扎寨，无论遇到什么样的困境，依然前行，这种力量就是最大的秘密。金佛山以它无与伦比的壮阔和爱心，告诉人们杜鹃花永不凋谢的秘诀。鸟儿依旧放声歌唱，我知道它终会带我们去向远方。

下面我要说说杜鹃花。历史的珍藏会在漫长的岁月里发酵，杜鹃花香飘万里。世界那么大，都想去看看，金佛山敞开博大的胸怀，拥抱那些勇敢者。以金佛山为核心，历史的记忆，思想的浪花，杜鹃的芬芳，就这样在南川大地网织着一个立体的形象。

大山为生命而歌唱，不离不弃，鞠躬尽瘁，至死不渝。我想着，这样的环境建设人类最好的康养基地，对生命将是怎样的滋养？我们渴望知道，又不愿相信，那无法预见的命运。在傍晚的微光里，金佛山看上去像一个梦。听说有些孩子，站在山路上望着沉睡的金佛山，一遍遍遥望，我猜想着孩子们的真实感受。他们是南川人，还是其他地方来的游客的孩子？他们是激励自己，还是别有雄心？

人在喧嚣中睡去了，在疲惫中成熟了，金佛山变得更加安宁了。慢慢地，金佛山就成为自信从容、旁若无人的精神巨人了。

美丽的金佛山啊，威严中透着温情，魅力无穷。杜鹃那娇美逼人的容颜攫住了我的灵魂。我从她那眼神里看出某种神秘的气味，会让我们有神思一样的随意和自由。

今天，从表面上看，金佛山好像没有新故事了，其实，我们面临重重困扰而不绝望，正因为我们在金佛山找到了世界和谐的人文精神。我回想所有落在山顶上的阳光。这种罕见的纯粹性，才使这一文物有某种无从想象的丰富和华贵。这山、这溶洞让人想到了一种奇迹。看不到借鉴，也看不到模仿。我好好地端详着睡佛，他能让人永远不会忘记。人不要把高尚隐藏，生命需要自然的芬芳。山和洞活脱脱有了生命，会终生难忘。这让我们憧憬，我将那美丽的憧憬持续了一段时间。在南川美好的记忆仿佛带我回到春天。

金佛山上春天的杜鹃花开了，无比艳丽。南川区人民政府和文化旅游局在这里举办了杜鹃节。

我们坐在缆车上，空气很凉，我看见风中弯折的草木，脑子里有一些平凡的事物不断显现。我时刻准备着为眼前出现的杜鹃花的情景欢呼跳跃。果然，一片片的杜鹃映入眼帘，那一片灿烂，即便登上山岭，还能看到一些杜鹃花树，看见隐约的花朵，听到了若有若无的歌声。杜鹃让我翘首遥望。这样的境界，剔除了我们心中的不安和焦虑，回避了生活中的一些麻烦和尴尬。除此之外，还有挚爱和不屈的声音，令人倍加珍惜。

花香随风而行。人间四月天，一片杜鹃的海洋，满山的红杜鹃盛开人不要把高尚隐藏，生命需要自然的芬芳。山和洞活脱脱有了生命，会终生难忘。这让我们憧憬，我将那美丽的憧憬持续了一段时间。在南川美好的记忆仿佛带我回到春天。

了，层层叠叠，密密匝匝，如天空的万朵彩云飘落在山峰，格外醒目，细小的花瓣，质如丝绸，如晨中的露珠，透着诱人的晶莹，娇媚而华贵，蝴蝶在那儿飞舞。这样的画面，极具震撼力。杜鹃的芬芳滋养了生命，与我们的人生一样，勇敢而浩荡，慢慢地消失在金佛山的远景中。

每个人心中都有一座山，每座山里都有一个无法言说的故事，哪一座山是我心中的山峰呢？金佛山便是。金佛山雄奇巍峨，山顶的杜鹃花海，便是人间仙境，极具观赏价值。这些杜鹃花，在黄昏的光线中格外神秘。我感觉，有一种神秘美得令人无法驾驭。在开满杜鹃的山坡上，总会有人重复着我们的足迹。那是一个令人灼热的念想：花儿为什么这样红？这是一首歌曲的名字，但是，让我联想到南川的红色历史。不忘来时路，我们才能走得更远。通过参观，我知道南川的红色历史，在建党百年学习党史，意义非凡。南川的红色文化，像杜鹃花一样绚烂。

导游给我们介绍杜鹃花。杜鹃又名杜宇、子规，俗称布谷鸟。春耕时节，杜鹃鸟飞来唤醒百姓，快快布谷耕田。金佛山杜鹃有许多独特的品种：弯尖杜鹃、麻叶杜鹃、阔柄杜鹃、金山杜鹃等。这一路对于杜鹃花的见闻，令人神往，心情极好。是什么拨动了我们的心弦？激动之余一下子让思想熠熠生辉。除了花香，还有一种美妙的声音显露出来。杜鹃花映入我们的眼帘时，它是随意、自由的，潜移默化的。人和花进行的是两个心灵奇妙的对话。我理解，美是人精神需要，这种美往往偏重对花的倾斜。

花是香的，有时闻着却很苦，很苍凉。为什么？香到极致便是苦了，因为我的心一直走进了杜鹃花的海洋里。一朵花不了解另一朵花，一个人不了解另一个人。看花看得久了，不敢盯视残酷，要磨炼自己，不仅面对花海不要背过头去，还要在理智中纠正自己，很快就会发现另一个自己，对大自然有了全面的认知。我们从杜鹃身上体味到了花的奇美，那不是应该享受的美，而是自然对我们最大的恩赐。这山、这花，都是重庆南川在乡村振兴中的独特资源。

我想，其实看不见的风景才深奥无比。

写这篇文章的时候，将心中对金佛山的崇敬和对杜鹃花的欣赏全部倾注其中。杜鹃属于艺术，其艺术的功力常常被感动，感动的前提应该是感知。一颗心灵由大大小小的感知构成，一种感知也会由无数灵动的闪念构成。我想，写了溶洞的深邃和山的雄浑、壮美，还要写出杜鹃花的生动、幻景、悲悯、严密，也就写出了我们内心的光影和波澜。

金佛山的杜鹃隐秘而奇异，不是我幻想的那种美，而是一种苍凉的美。在一种宁静里听我的心跳一样，我由此想到，人在忠实的范围内却倍加混乱，以花的简单应对复杂也许能达到精神的顶峰。

我遥视着星光，恍如进入梦中。那梦想带有杜鹃花一样的羞涩和温柔。每一个夜晚，杜鹃花对应着星星，星星和杜鹃惊讶于彼此乍放的光芒。那一束花，像菩萨静静坐着。网络时代，既有痛苦，又有疲劳。物质带给人许多方便，同时带给人精神上的痛苦、焦虑、紧张、抑郁、迷惘，已经成为人们的内心常态。人生负累，身体里的哀愁太多，我们要放下躯体负累，在金佛山养身养心，从而留下纯洁的灵魂。

我的眼睛清澈，我的心灵舒缓。但是，我一再请求赐教，他们才直言不讳地说起来。花的虚伪你知道吗？花有时也会欺骗人。是啊，人不要把高尚隐藏，生命需要自然的芬芳。人在疲惫中成熟了。有时候，我尝试着向杜鹃花诉说，花的回应让我甜蜜无比，她成为我们寂寞时不可缺少的想象伙伴。后来，我们已渐渐不再满足此岸的诉说，而更看重彼岸的遥想。我常常不无自豪地说：我是山的子孙，也是花的子孙。我听后暗自惊喜，那是一些我闻所未闻的话题。可是，那个夜晚我睡不着了，思绪有些紊乱。那闪光的一刻，我还要等待多久？

一切都消逝了。

这是孤单的煎熬和对未来的茫然。我再也无力像往昔那样顽皮。我感到一颗心在加速跳动。

我发出长长叹息：“珍惜眼前的一切吧！”这叹息真是很美的声音。此刻，我有一种难言的羞愧和感激。

我内心压抑了一些狂喜，这是怎样的生活啊？

我闻到金佛山的杜鹃香，绝望会变成希望。世界让人窒息的时候，登上金佛山你会有一种新的感觉。尽管如此，这段时光还是显得弥足珍贵。美是复杂的，不应轻率地做出判断。它威严中透着温情，魅力无穷。

天黑了，我镇定下来，看一团围拢的夜色。黑夜人要面对无数的隐秘，随着日月的增长，这种隐秘又成倍地增加了。从花开到花落，要等待多长的时间？我体会一种沉重近乎煎熬的感觉。在漫长的等待中，有什么能破解隐秘？有什么能替代冥想？这样需要一份不同寻常的宁静，让人愿意倾听。就因为那瞬间的吸引，我改变了行程。我感觉敏锐，轻轻回眸就看破了世俗。花的质朴又带有一些伤感。这让我产生的惊惧久久不能消逝。为了掩饰不安，我一遍一遍地重复着心底的歌。

爱惜每一株草木，因为那是蓬勃的生命。我欣赏金佛山杜鹃花的时候，一切都淹没在疼爱怜惜之中。我拥抱这花朵，唯恐这芳香转瞬即逝。失去的美丽多么残酷，我能够体味这午夜里的恐惧与哀愁。除了这些，令人生畏的将是无法探测的心之伤痕。导游说：金佛山杜鹃，还有好多故事呢！我答应认真倾听，仔细斟酌。是啊，留在金佛山吧！这声音有力而持久，震动着我的耳膜。我对大自然充满感激，这感激使我一次又一次热泪盈眶。那是生命释放后带来的巨大的喜悦。

人一旦接通了这种梦想，心底就会有无穷的力量。

四周皆无声息，只有花在悄然开放。躲避杜鹃花，不敢正视美丽，那将是狭隘和浅薄的做法。生活中，因为爱而经受无法表述的巨大痛苦。痛苦会带给我们类似不着边际的胡思乱想。合在一起的折磨，会让我陡添皱纹。杜鹃花教会我们如何放松，如何去爱。

我好像看见一双奇亮的精灵般的眼睛潜伏在金佛山上，凝视着人间的花海，祝福着金佛山的百姓。花开花谢，循环往复。在这循环往复的时间迷宫里，我们获得营养，获得力量。杜鹃花以铤而走险的方式表达自己的忠诚。所以说，这是一块福地，越是如此，越受人尊崇。

那一片花海朦朦胧胧，远如幻梦。

最后，我们到了杜鹃花博物馆。感觉金佛山应该建立杜鹃花博物馆。虽说因为天冷，这里杜鹃没有完全盛开，但是，我感觉好像到了人间仙境。我们被杜鹃花包围了。我们窥见了文化的奇境，引导我们破译越来越清晰的谜语。人世之间，除文化能让人获得伟力外，其余不可信托。这样的文化让我们的金佛山成为自信从容、旁若无人的精神巨人。所以，还想再来美丽的金佛山。

杜鹃花凋落的时候，春天逝去了，夏天将要来临。那个方向里生命的痕迹是清晰的，金佛山隐藏在烟雾里，看上去一片朦胧。我离去时很久还沉浸在金佛山杜鹃花的思索里。金佛山杜鹃那舒展的眉梢，透露出人生的恩惠和从容。让我们领略她那明净而尊贵的灵魂。那一条绵长不息的杜鹃花的长河，奔腾不息，灼灼闪耀。

四季变换的斑斓，等待杜鹃花的祝福，带给我们民族复兴的美好节奏，带给南川人民幸福的新生活。

朝望金佛山，暮望金佛山

弋舟

当代小说家，中国作协全委会委员、小说专业委员会委员，入选中宣部全国文化名家暨“四个一批”人才，历获第七届鲁迅文学奖、首届中华文学基金会茅盾文学新人奖等多种重要文学奖项。作品被翻译为英、法、德、意等多种文字。

一

四方游走，最是听不得人对我说两件事：一曰“面食”；二曰“海拔”。久居西北，所谓“面食”，全国真的难有超过晋、陕、甘三地者；同样是久居西北，忽而青藏高原，忽而黄土高原，日常起居，多是在海拔2000米左右的高地。所以当张者兄邀约赴渝时，便难有兴奋的情绪。去重庆做什么呢？吃小面？呵呵。张者兄说：上金佛山。提前做做功课，搜索一下：金佛山位于重庆市南川区境内，大娄山脉北部，面积1300平方千米，景区面积441平方千米，主峰凤凰岭为金佛山最高峰，海拔2238米……最高峰海拔2238米，这约等于我在兰州工作室的高度。呵呵。

好在，张者兄还有下半句——看杜鹃。

杜鹃我见得少，也想提前做做功课，结果百度的首页，竟是一位女星的条目。算了，要补充植物学的知识，还有谁比李元胜兄更堪讨教的呢？于是，去重庆的金佛山看杜鹃并且求教于李元胜，成为我此次出行的心理主题。

从西安到重庆，高铁四个多小时的车程，接站的正是元胜兄。循着他的指示，在出站大厅远远看到他清爽的样子，他哪里会知道我心中的窃喜？仿佛这便是一个吉兆，预示着此行顺风顺水，必定是一场心欢意惬的旅程。

上了车，方知还要有一个多小时的行程，也落实了此行的准确主题——“名家相约魅力南川”采风活动。也就是说，“南川”，这个真正的主题，此刻才被我重视起来。什么面食，什么海拔，纯然是自己的小心思；而金佛山与杜鹃，大约只是张者兄撒下的诱饵。但我想，将山川与植物作为一块行政区域的前提，也是完全成立的，地方政府，也会有这样的雅量乃至抱负。南川有座金佛山，金佛山地处南川，孰重孰轻，孰前孰后，无论怎样表述，可能金佛山都更有说服力一些吧。尽管，孤陋寡闻如我，金佛山也全然未知，但毕竟是山，是金佛之山，况且，张者兄还搬出了我多少知道一点儿的杜鹃。

以山川与植物的名义，人总是更能够起意远行的吧。

二

南川之夜，让人仍然忽略了南川。

是夜饭后，我们被领到了一条名为“东街”的去处。说是去处，也许并不恰切，因为在我看来，去处，是一个空间意义上的概念，而“东街”，纯然是一个时间意义上的概念。随着我们脚步移动着的，是倒流的时光与荏苒的岁月。所谓怀旧，所谓追念，这样的位移，本身只能够发生在人的精神世界，而东街却活生生地在物理世界将之实现了。旧日城镇的建筑空间与街巷肌理，神奇地与今日都市的声光融为一体，只能让你陡生今夕何夕的恍惚之感，仿佛唯一真切的，是巴渝之地自古以来热烈而平凡的民俗民风。熙熙攘攘的人群，宛如活在无数个时代里：之前，这样活着；如今，这样活着；以后，也将这样活着。就这般生生不息，就这样永无止境。

竟真有一截铁轨横在“南川东站”的站牌下，一列蓝黄相间的火车头停靠其上。那站牌标注着的方向，一端是“从前”，另一端是“未来”。这便不再是简单的怀旧与复古了，这是时间的哲学、人的哲学。于是，你只能忘记了现实的、此在的南川，因为你已经置身于更为浩渺的河流中央。

浩渺的河流并未全然呈现于东街，它只截取了人间四十多年的时光，但天翻地覆，谁都知道这四十多年中国人经历了什么。不用追溯到茹毛饮血的先祖，这四十多年就是中国人换了人间。乃至在这东街之上，我们终于有了不仅能追求于新，而且能重温于旧的自信。

南川就是用这样的自信，让人在时间的长河中忽略了南川。

三

薄雨中的金佛山自有一番别样的美。

想象中，暮春时节，巴渝之地气温应该已经不低了；但一行人都感到了料峭的春寒。一切都与你自以为是的预期不同，因有了雨雾，这西南的山有了江南之山的缥缈，这重庆、南川、金佛山，竟比我所来之处的西北，还要冷上几分。

乘缆车上山，一簇簇的杜鹃并不如想象中的热烈，多是粉白、水红那种并不炽热的颜色，也并未漫山开遍。导游以天气、花期、山域位置为理由，来给眼前的景致做出说明，似乎那夺目的绚烂远未呈现在我们眼前。但我还是无端地感到了好——一种“事与愿违”的好。我们太容易先入为主，太期盼“事与愿合”，而远行不就是为了经历你预料之外的事物吗？我们不正是在一次次的事与愿违中矫正着自己的偏见与短视的吗？就像此刻坐在缆车中的我，早就扔掉了一个西北人关于“海拔”的傲慢，只赞叹于此山之峻拔与雄奇了。

一场山峦上的开幕式在等待我们。人间四月芳菲尽，金佛杜鹃始盛开。这样的事实，不就是天地间的“事与愿违”吗？这才是造化的神奇，一切都与你自以为是的预期不同，因有了雨雾，这西南的山有了江南之山的缥缈，这重庆、南川、金佛山，竟比我所来之处的西北，还要冷上几分。

也是达成了美的翻转之力。

元胜兄一路几乎都是跋涉着拍摄。他也走着“事与愿违”的路，这是一条不走寻常路者才走的路，因为他一定知道，如此，他才能发现不寻常的花，不寻常的草，不寻常的昆虫与心情。他镜头下捕捉的美，被知识的发现与发现的知识加持，由是更抵近了一种“纯美”。我没法打扰他了，去向他求教浅薄的知识。走在寻常的山路上，我只能仰望他另辟蹊径地去攀爬，去拍摄一朵不知名的野花。

寻常走着的山路，其实也是不寻常的。云蒸雾霭之中的高空栈道上，前后几米便是前不见古人后不见来者的架势。你知道你是走在空中，但你会忘记你是走在人间，走在时间的刻度里。那巨大的、宫殿一般的溶洞，又会因其足够地撼人，将你拉回到世俗的赞叹里——面对着层层叠叠的佛像，我心里竟起意：此处若发展成一个类似会展中心的多功能殿堂，办起国际时装发布周、艺术双年展之类的活动，势必会别开生面。当然，在诸佛的眼里，这是人的妄念；但若无人间，诸佛或许也要寂寞。就像此行，邀请我们来的，说到底，不是金佛山，而是南川区的区委、区政府。

四

南川请你来，却在大部分时间让你忘记了南川，这是了不起的风度。她不强调自己，以山川的名义，以植物的名义，以永无止境的时光的名义，却让你记住了她。当金佛山，当杜鹃与东街家喻户晓的时候，南川还需要专门被挂在嘴边吗？就好比，当我们说起长城，就是在说起中国。

小面没有吃，连火锅都没有吃。但就是这样的出其不意，才让此行别具一格。

“朝望金佛山，暮望金佛山，金佛何崔嵬，缥缈云霞间。”

这首宋代的《望金佛山谣》，是金佛山得名的最早依据，夏秋晚晴，落日斜晖把层层山崖映染得金碧辉煌，如一尊金身大佛交射出万道霞光，这番异常壮观的景象我们也无缘得见。

但在“朝望”与“暮望”之间，我觉得，自己此次所见识到的，绝非一朝一夕的世界，它是南川四十多年的变迁，是缓冲了第四纪冰川的袭击，完整地保持了古老而地质年代又不同的原始自然生态的、亘古的奇迹。

由此，回望金佛山、回望南川的时候，我会如是盘点自己这一次远行的收获：地理上，这里是云贵高原与四川盆地的交界处；历史上，这里如今是共和国最年轻的直辖市新晋的城区。以此为经纬，构成了我对金佛山与南川的认知基础，也唯有站在这种纵横交织的视野里，我才能更好地理解、见识及赞美南川今日发展的成绩和意义。今日南川的面貌，折射出的是中国大地与中华民族的面貌，在我看来，南川的崛起，正是中华崛起的印证。

此间传奇五里坡

陈应松

湖北省作家协会原副主席、文学院院长。代表作《天露湾》《森林沉默》等，出版小说集、散文集、诗歌集等100余部。曾获鲁迅文学奖、全国环境文学奖、人民文学奖、“中国好书”等多个奖项。作品被翻译成英、法、俄、西班牙、波兰、罗马尼亚、日、韩等多种语言在国外出版。

有人说，神农架有个神秘的邻居，它就是五里坡，养在深闺人未识。

四月，神农架的大九湖，已是春色迷离，纷红骇绿，芳尘袅袅，青霭澹澹。从湖滩中钻出的芦芽，摇曳成浅荡，风起时，一片苍苍蒹葭。空旷的水域，岑寂的草甸，被四围的群山拥抱着。

“往那边看，翻过四方台和五等子垭，就是重庆巫山的五里坡，那里有一条大峡谷，长五十多公里。”友人说。

其实，在与它相邻的神农架大九湖，也有个地名叫五里坡，神农架大九湖的五里坡离重庆的五里坡不到十公里。怎么叫五里坡呢？这名字太恭谦、太朴素、太与世无争了。在五里坡大峡谷的后面，紧跟着小三峡、小小三峡这样的绝世景观，五里坡大峡谷还被誉为中国的“科罗拉多大峡谷”。

“五里坡是个比神农架更神秘的地方。”朋友对我说。

我们翻过鄂渝界山，几乎不费气力，因为过去十分偏僻的神农架，如今已有很好的公路与重庆连接起来了。而且，这两地其实是一地，属同一个“世界自然遗产”。五里坡是神农架世界自然遗产地的延伸部分，当年在向联合国教科文组织申报世界自然遗产时，经过了神农架林区政府和湖北省林业厅的批准。

更加重要的是，它们同时穿过地球最神秘的纬度——北纬三十度，这个纬度带被称为“地球的脐带”。

春天总是相似的，在同一个纬度上，有许多相同的地质、气候和动植物基因。在大九湖，在神农顶，在五里坡，在阴条岭，金盏花、蔷薇花、飞燕草、断肠草、老鹳草、醉鱼草、淫羊藿、萱草、连翘、酢浆草都开花了，色彩艳丽，越是荒野，花越清新俊俏，毫不含糊地展示着它们的惊世妖娆。大片紫色的鼠尾、青翠的野葱，像是山洪暴发，在坡地和岭上蔓延。独蒜兰、独花兰、卷瓣兰、杓兰，还有春兰、蕙兰等众多兰花在涧谷中纵情开放。上了山岭，噢，全是腾腾燃烧的杜鹃，全是红色的焰火，红色的氍毹，为春天盛装华服的走秀铺上了厚重雍容的红地毯。这闪烁在三峡一隅的春天，在秦巴山脉的腹地，灼灼其华，熠熠其姿。

"我倒是很想看看八王寨和兰英寨。"我对朋友说。

朋友告诉我："八王寨是神农架流传甚广的故事，但你知道吗？重庆巫山的五里坡也有一个八王寨。还有神农架大九湖的兰英寨，也在重庆与神农架的界岭——阴条岭上。实际上，它们是一体的，神农架林区是一个行政单位，而神农架却是一个地质概念。大神农架地区很大，涵盖了扬子准地台和秦岭褶皱系两个一级构造单元。"

五里坡，从忍子坪迤逦而入。过了一个叫"渝鄂汇芳"的地方后，但见山势盘亘，玉岫幽壑，暗香满谷，轻岚绕石，悬瀑阵势如沸，峭壁夹峙如笼。松涛琤琤，嶂岭巉巉，湍濑回旋青苔之上，群峰杳入白云之间……

我告诉自己，这里便是传说中的巫山云雨之地。那些撩动变幻的云雾，在山头和山谷间缱绻缠绵，仿佛梦中的神女轻盈翻身。"晓雾乍开疑卷幔，山花欲谢似残妆。"

五里坡，有小石峡、栓牛纤、筒子峡、猴子石、大河口、蜂桶坪、打鼓岭、九盘山、羊翻水、阎王鼻子鬼门关、姑娘岩等地名和观景台。大葱坪草甸上的姹紫嫣红，薄刀梁尖峰上的惊悚莫名，如此薄削的山形，世所罕见。而山体地质扭曲得更厉害，自然的塑形更夸张。一路溪水轰轰，一路鸟声呖呖。行至一线天，顿感步入地窟。而旗帜山却过了一个叫“渝鄂汇芳”的地方后，但见山势盘亘，玉岫幽壑，暗香满谷，轻岚绕石，悬瀑阵势如沸，峭壁夹峙如笼。松涛琤琤，嶂岭巉巉，湍濑回旋青苔之上，群峰杳入白云之间……

如两面古代的旌旗，在山峦间翻卷，皆因其薄如旗帜而得名。它们的后面有更多的薄崖耸立，崖间的峡谷深不可测。我原以为“薛刚反唐”的传说仅是神农架的专利，没想到这里也有相似的故事流传，旗帜山便与这一传说有关。倒钟坪的船形山，如一艘巨大的石船，在惊涛骇浪中颠簸，动感十足，气势磅礴。山崖之间，农家的干打垒墙壁上挂着丰收的苞谷，高搁的蜂箱。鸡群咯咯，羊群咩咩，牛群哞哞。蜜蜂和蝴蝶在阳光下聚集玩闹，在花朵间穿梭，它们的声音喧闹着五里坡的春意。高大的巴山冷杉、云杉、珙桐、红豆杉，郁郁葱葱，构成了一片浓密的森林，悬崖上的杜鹃像是森林里溢出的一蓬蓬火堆。峡谷里的人家如何不是世外桃源？“簁羞石髓劝客餐，灯爇松脂留客宿。”无须渔舟引路，只闻深涧花秾，时间凝止于四月丽景。芳径远，春溪满，杖藜行，绝尘山中，行歌青岭，云畔人家，桃李浮烟。野老无樵声，稚童有笑颜……

五里坡是继武隆和金佛山后，重庆市的第三个世界自然遗产地。它就在大神农架地区的腹地，神农架的西坡，从湖北神农架自然保护区西南延伸过来，正处于大巴山弧和川东褶皱带的交会处，是三峡库区的生态屏障。据朋友介绍，神农架有的特殊植被五里坡都有，神农架没有的植物五里坡也有，它的生物多样性在这方面表现得尤为突出。这里有 30 多种国家重点保护一级、二级野生植物，如珙桐、银杏、水杉、厚朴、红豆杉、水青冈、巴山榧、香果树、天麻、杜仲等，此外，这里还是我国裸子植物的重要繁衍基地。国家重点保护一级、二级野生动物也有 30 多种，如金丝猴、豹、云豹、金雕、林麝、猕猴、亚洲黑熊、中华斑羚、大灵猫、水獭、鸳鸯、苍鹰等。五里坡已发现的野生物种就有 2300 多种，动植物总数量已经超过了神农架。

常绿阔叶林和常绿、落叶阔叶混交林是我国特有的植被类型，构成了我国特有的亚热带森林生态系统，而五里坡则是这一生态系统的重要展示窗口。同样地，这片地区位于世界最大的喀斯特高原深处，处于生态系统的脆弱带，石漠化是它的现状和远忧；但五里坡保存了完好的森林生态系统，阻止了这一可怕的进程，它的原生态，为我们抵抗喀斯特地区的石漠化提供了优秀范例。

在五里坡，经常会爆出一些令人欣喜的新闻，都是发现了什么新物种之类。这里近年发现或命名了三峡白前、矮生假糙苏、圆唇对叶兰、叉唇钗子股（一种兰花）、毛弓果藤、小巧羊耳蒜、圆叶茅膏菜（一种捕食昆虫的植物）、五里坡派模蛛、五边巨疾灶螽等物种。

说到五里坡的神奇，不得不提的是，它未遭受过 20 世纪后期神农架所经历的斧钺之灾，有 30000 亩原始森林至今未被人类涉足。这片原始森林因为神秘莫测，曾有一支由 50 名科考专家组成的队伍深入其间，结果迷了路，失踪两天后才被找到。探访的科考队员对此语焉不详，于是很少再有人敢踏入这片禁区。

关于五里坡的神奇和神秘，传闻甚多。

有说五里坡原始森林中生长着一种自唐朝时期流传下来的野菜，它似乎会感知人的需求，只会在那些因迷路而特别饥渴的人面前出现。

这里还有一块“神仙稻田”，每年都会自然生长出野生水稻，打出的稻米圆润饱满，香糯可口。

红槽村，在五里坡的峡谷深处，所产红米口感奇异，营养极高，产量很低。这里还出产一种黑土豆，俗名“黑金刚”，其通体黑紫色，耐嚼，富含花青素和硒，以之为食材做出的火锅菜肴堪称一绝。这个神秘的村落里有一扇巨大的石壁，上面隐隐约约有许多黑色的凸起线条，像是某种神秘文字。当地人说，这上面是一部没人读懂的“天书”，是天上的神仙所刻。

在峡谷里一个叫山鬼坪的地方，有一汪奇特的大水潭，据说那就是传说中山鬼的住所，无人敢靠近，否则会怪事连连。

出生在神农架南坡的屈原，其笔下“被薜荔兮带女萝”的山鬼，现身于巫山的五里坡并不奇怪。有说山鬼就是巫山神女——西王母的女儿瑶姬，她变成了一块石头、一座山峰，在长江边的巫山云雨中生活着。

巫山的“巫”，正是巴楚文化中最重要的元素。巫的神秘，在五里坡的深山老林里浓郁地弥漫着、浸润着。巫山是巫文化的重要发源地，但大自然的神秘巫术，在五里坡显得尤为耀眼。巫山的云雨圣境中，饱蘸着沉甸甸的神秘与神奇，它赋予了五里坡巫灵的传说与魅惑，这片笼罩着神话和巫风的大地，在北纬三十度神秘氛围的加持下，让仙灵不可测，巫鬼不可分。山鬼在这片云雨笼罩的山地中自由地出没，它就是巫山神女的化身，是所有美丽的想象和伊甸园幻景。

五里坡，不是一个坡；五里坡，也不止五里。五里坡，是三峡地区最后的净土，最后的“香格里拉”。

大地的奇迹

熊焱

80 后作家，《青年作家》《草堂》执行主编，现为成都市作家协会主席。曾获华文青年诗人奖、四川文学奖、尹珍诗歌奖、天津诗歌奖等多个奖项。著有诗集《爱无尽》《闪电的回音》；长篇小说《白水谣》《血路》等。

我偏爱巨石耸立的高山。这样的山巍峨雄壮，挺拔不屈，有一种直面穹顶、俯瞰大地的气势。但巨石间最好绿树成荫，花草摇曳，显出一座山应有的妩媚与风情。如果巨石间全是光秃秃的一片，那就略为寂寥，少了生趣。

大自然的鬼斧神工赋予了这个世界无限奇迹。我去过诸多巨石突兀、苍翠葱郁的大山，一次次地惊叹于大自然匠心独运的手笔。但重庆南川的山王坪却似乎是一个例外，在 20 世纪 80 年代，那里仍是荒山一片，石头、灌木和杂草丛生，显得荒凉而贫瘠。后来，人们植树造林，栽下大量适宜生长的柳杉和水杉，在日复一日的精心呵护下，呈现层峦叠翠的壮阔景观。

据说山王坪最美的时节是在秋天，但我在早春到来，却也领略了另一种风光。细雨蒙蒙，雾气缭绕，下车的一刹那，山王坪就给了我一个模糊而冰冷的拥抱。这座山就这般毫无保留地向我展示着它的性情。

通往密林深处的石板路偶有分岔，寥寥数笔，像一段时间的留白。我们是从山腰往下走，听着一声声清脆的鸟鸣陷入雾中，仿佛是珍珠滚进了沙子里。鸟声与水汽黏在一起，加重了这座山的湿润。

石头逐渐从雾中露出来，首先是一座大石头如巨鲸出水，在浪涛中亮出庞大的身影。接着林林总总的石头，星罗棋布地一一闪现。有的如乌龟静息，在大地上匍匐着倾听雨声；有的如骏马扬鬃，就要驭风远去；有的如猛虎俯身，等待着时机向猎物出击……这些石头千奇百怪，那是时间的另一面镜子，映照出变幻的沧海桑田。

我去过的很多山，都有石头挡道，只留下一线缝隙，仅供一人通行。而在山王坪，便有多处一线通幽之地，巨石相对而立，如同两人长相厮守，诠释着天荒地老的感动。另一些挡道的石头就像巨人斜着半截身子，伸出手臂拦截，行人必须俯身从其腋下过去。有的石头就像巨人坐在路边，亮出长长的膝盖，等着行人坐下跟它倾诉衷情。令人赞叹的是，常有巨大的藤蔓从石头中蹿出来，蛮横地横拦在路中间；常有树木长在石头上，努力地向着天空伸展，原来它们也有一颗登高远眺的心。

辗转迂回中，我们绕了一个弯，向着山上攀登。登山，其实也是一种生活美学。有的山，会有一种攀登至顶、征服它的欲望，攀到最高处，便是“山登绝顶我为峰”；有的山，则只是适合随意走走看看，便是“又得浮生半日闲”。而山王坪是二者皆有，雄奇的石头使它显出险峻奇拔之象，葳蕤的草木又让它具有清幽秀丽之境。

在柳杉和水杉交接的林海里，春天不仅是一种万物复苏的律动，也是一种万籁俱寂的松弛。遮天蔽日的柳杉和水杉密密麻麻，枝叶互相撑在一起，在林海中掀起起起伏伏的波浪。侧耳聆听中，那树梢间一点点地漏下的细雨，是不是那波浪中漩涡的回音？

雨在下着，我们在此只是短暂停留，但那一棵棵高大挺拔的树木犹如万军千马列队的场景，深深地印于我的记忆，就仿佛在熙来攘往的人海中，对钟情的人只是惊鸿一瞥，却始终刻骨铭心。

车在南川的大地上穿行，翻山越岭，车窗外青山绵延，时有危岩挺拔，在秀美的坡岭中显出一种庄严的气势。

到达茶树村时，天微微放晴。村庄在群山的怀抱中显得祥和而寂静，村后是刀削斧劈的悬崖，仿佛是石头抬升着穹顶。一缕缕炊烟袅袅，勾起了多少童年的回忆和遥远的乡愁。

这里是产茶地。据陆羽在《茶经》中记载，最早的野生茶在春秋时期被生活在“巴山峡川”一带的百濮之族驯化，实现了人工栽培，发明烤焙之法，让茶的苦味变得香醇。如此，茶树村也算是最早的人工茶发源地之一。村路边的一株古茶树似乎可以做证，那古茶树根部遒劲，弯曲盘错，树干中间已生生裂开，仍然枝茂叶绿。日换星移，风雨浮沉，它已有2700岁，如长者般从容，始终宠辱不惊。

茶水端上来，橙红透亮，带着岁月漫长的沉淀。我深饮一口，是红茶，绵软，细腻，宛如一种亲切的温情。好茶润心，是它慰藉我，抚去我们在旅途中奔波的疲惫。这舌尖上回味悠长的香醇中，包裹着人们生生不息的智慧，也包裹着对生活的态度和处世的哲学。我想起张岱在《湖心亭看雪》中，描写客居贵公子带着家童泛舟西湖，在湖心亭遇到知音煮酒，一边畅饮，一边赏雪，如此闲情雅致，与我们风尘仆仆地来到这里，寻找几泡古树茶留在唇齿间萦绕的余韵是多么相似。

从茶树村离开，前往彭水的阿依林海。到达时正是上午，满坡的红豆杉长势喜人，在早春微寒的风中招展着油油的绿意。据种植红豆杉的老板介绍，前期投入巨大，要收回成本大约需要三代人。但植树造林，维系生态环境，是关乎千秋万代的大计，不能计较于短期的利益。

我们在山边随意行走，不经意间来到了悬崖边。深壑间云雾缭绕，浓密处就像推推挤挤的雪浪在汹涌，在蔓延；轻薄处好像白纱飘荡，从中抽出一缕缕的细线。云雾散开，露出了黛青的山脊。云雾在此处一点点散开，又在彼处结得密集。我看到了山腰处的两户人家，一颗心突然有纯棉似的柔软。那曾是我幻想的隐居之所，有友人来访我，有慕名者来寻我，均不得见，云深中无人知我的去处。

据种植红豆杉的老板介绍，前期投入巨大，要收回成本大约需要三代人。但植树造林，维系生态环境，是关乎千秋万代的大计，不能计较于短期的利益。

午后，我们继续向前，穿山过桥，慢慢进入一道河谷。一条小河清澈明净，一直伴随着我们，有时在左，有时在右，仿佛是这里的主人，远远地前来迎接。路的两侧高岩险峻，就像要朝路的中心挤压过来。再往前走，山势逐渐开阔，路边的庄稼地里，油菜花热烈而喧嚣，写实着一幅金黄的油画。地势平坦之处，油菜花绵延不绝，就像一片燃烧的火海，就要带着大地飞升。

车在一座村寨外停下来，我们到了。这是黔江的土家十三寨，土家族的朋友们穿着民族的盛装载歌载舞，向我们献上欢快的歌舞和银质闪亮的芦笙曲。傍晚时分，他们又开始表演民族的特色节目，在他们血液中流淌着的，似乎永远是一种飞扬的、蓬勃的激情。

夜里，我和几位朋友沿着河边散步。河水大多流得悄然无声，偶在跌宕的河滩处，才发出泠泠的轻响。路边的草叶时不时地拽一下我的裤管，黑黝黝的山坡端坐两侧。我站在一座桥上眺望，吊脚楼三三两两地坐落在夜色里，就像是一群劳累的人坐下来，有一搭没一搭地摆着龙门阵。夜气湿润，一些低低的说话声像是线头被抽出来。点点灯火轻轻摇曳，一度让我怀疑是星星的碎片落在了人间。

整夜我几乎无梦。清晨被鸟鸣唤醒，空气清新得如同世界重生。我挂在卫生间窗口的一件衣服，凝着湿润的水汽。同行的一位友人说，夜里他没有开空调，几度被冻醒。

夜里虽然冷，但草木依然在迎春而长。我再一次沿着河边溯流而上，满眼都是蔓延的新绿，一片一片，长得漫山遍野。还有一些我不认识的小花，朴素，又清雅，兀自开得寂静而好看。转一个弯，突然看到满枝缤纷的李花一派热闹。在一片山坡下，有一户人家已经衰败了，破旧的房屋塌了少许。不远处的另一户人家挂着客栈字样。整个村寨被规划为旅游景点，吊脚楼也进行了相应的改造。多少年来，世事变迁，时代焕新，村人们从这里出走了大半，村寨也换了新颜；但只要留守的人还生活在此，他们就始终保持着对生活的热忱和对自然的敬畏，与这片山水相依，与大自然一同守护着节气的轮回、万物生长的规律和物种的和谐。而春华秋实，日升月恒，大自然也向他们奉上丰盈的馈赠。

早餐后，我们起程前往小南海。小南海是一个堰塞湖，那是公元1856年，地震时大地一次剧烈翻身，山体滑坡，滚落的巨石拦住流水，从而形成了堰塞湖。这里是保存最完整的古地震遗址，时间是最好的过滤器，当堰塞湖完成自我沉淀和净化，便成为优质的饮用水源。大自然自有它自身的样貌，从来不需要人类自作聪明地进行干预和索取。正如当年的大地震改变了山体的形状，给大地留下伤痛，但大自然却又在自我的修复中呈现了另一种奇迹——那就是秀丽而清幽的小南海。

我看过很多湖泊，无论秀美如玉，还是似大海辽阔，都不像小南海这般一边裸露着石头出水的地震创伤，一边在群山掩映中呈现着水如翡翠的清丽。湖岸迂回而漫长，在群山和石头间丈量着一座大湖的胸襟。狭窄处若一道堰塘，宽广处如一片海湾。初春的湖水深蓝而静谧，就像孩童在刚睡醒时惺忪的眼神。地震时滚落的石头在湖中，在岸边，庇护着一汪水的柔情。青山、云朵、油菜花倒映在水中，那么静，又那么远。我突然想起我曾经写过的一首诗，其中的一句恰如其分地表达了我此刻的心境："湖泊是一个器皿，刚刚为我称量了心灵。"

重庆和东南方的一棵树

李师东

评论家、出版家。中国青年出版总社原总经理、青年文学杂志社原社长。著有《读过》《人在边缘》《一个年纪的文学梦》等，编有《人世间》《凤凰琴》《解密》等。

上篇

一个人如果觉得生活有些平乏，能排解之处，依我看，首选还得是重庆。

重庆不平乏，首先地就不平。重庆有自行车吗，小区里可能有，但一上街面，肯定寸步难行。前些年，重庆出产的摩托全国有名。

哪座城市都有高楼大厦，把重庆的任何一幢楼放在全国视野里，说不上抢眼，而在重庆一出现，就注定威武。

拿一根擀面杖把重庆的地形地貌拉直捋平了，谁会相信这是重庆？重庆的魅力就在于这高高低低的地形地貌。

来过重庆几次。最初的感觉是，一座平平展展的城市，被一种神奇的力量前推后挤、左突右抻，让人有了魔幻般的感触，站在重庆的任何之处看重庆的山色、市景和世相，都会以为身处梦幻之中。

而且，它还张扬。我们看惯了千篇一律的城市，重庆不一样，它爱动。它可以用巨大的字体标记某幢楼宇，也可以用鲜亮的颜色装饰一座桥，它可以在山与水的皱褶里立起一片楼群，并让城铁轰轰隆隆地在楼内穿行。

晚上的重庆，更为可观。白天属于地势，属于天光；到了晚上，重庆就属于了色彩。站在嘉陵江和长江的汇合处，朝天门不见门，只见一片有颜色的楼群。楼群的右侧，则是低伏着、随时准备喷发出激情和豪迈的剧院，再向右又是一片临江而立、更富色彩的楼宇。

江面是暗褐色的，广阔而深邃，它映承着这一片片的亮色，像暗物质一般让人把重庆的夜景留在记忆的深处。

洪崖洞的金碧辉煌，到傍晚时渐入佳境。白天天光太亮，夜里又过于金亮。傍晚时分去洪崖洞，远看是一片地的金色，走进去则是一片人的喜色。楼上楼下，你拥我挤，历经上下几层来到江边，全然不累；人与人之间产生气场，上上下下，气息流转舒放，等到从陡上陡下的楼道中走出，眼前正是浩浩荡荡的长江。

重庆真正让人难忘的，还是它的烟火气。重庆的火锅店真多。店前是江水，顺流而下的长江不舍昼夜，想留也留不住。重庆人就用火锅来表示他们在江水边的存在。重庆人太热爱长江了，江水不可能沸腾，火锅里却可翻江倒海，否则不足以显示重庆人面对一江流水的热辣痴情。

于是，重庆的大街小巷就弥漫出经久不散的火锅香味。来来往往的人流不断，唯有火锅一向热情洋溢。到了重庆的外地人，见到一家火锅店就想走进去。

重庆的路，显然受到了重庆火锅的熏染，那不是路，是迷宫。会不会是重庆的烟火气和火锅味，让重庆的路迷失了去向？

我说错了，重庆的每一条路都在寻找自己的出口和方向，都有四通八达的愿望，就像重庆的火锅味想着弥漫四方。

离开重庆若干天，友人说，想念重庆火锅了。就特意找了一家老店，吃了，味道也不错，总觉得差了那么一点儿火候，原来是没有在重庆时的那个情景、那个气场！

下篇

其实，我们的目的地在重庆的东南方向，市区只是中转。一座座魔方般的立交桥在变换时空，成为市区与市郊的分野。路似乎越来越纤细悠长。周边渐渐多出的是村庄农舍和此伏彼起的重峦叠嶂。天地间陡然安静了下来，变得平静和神秘。沿着弯弯曲曲、忽高忽低的山路，我们去了渝东南的好几处地方。南川区的山王坪喀斯特地貌保护得真好，原生态中的游人步道在小心翼翼地随物赋形。彭水的阿依林海，耸立在云海之巅，人的意志和坚韧被物化成了红豆杉的王国。土家十三寨的女寨主和她有些腼腆的丈夫看到客人们夜半时分还在聊天，就一趟趟送过来消夜的小吃。还有阿蓬江、蒲花暗河、濯水古镇，每到一处，感受到的都是友善和热情。

三天的时间，我们把渝东南的自然生态大致看了一遍。离开渝东南已有一段时间，很多场景仍是历历在目。而印象最深、最难忘的，却还是长在茶树村村边的一棵树。

穿过金佛山，前面是鼓出来的一段缓坡，坡上是一片新绿的茶园，茶园下面是幽深的山谷，山谷中隐约可见在云层和翠绿里散落的村庄。沿着茶园边的山道再往前行就是茶树村，我们要拜访的就是村边的一棵树。

这是一棵古茶树。从村里望向村边，能看到古茶树的大半个身躯。树有十多米高，没有想象中的挺拔威风，枝叶不多也不少，不繁茂也不稀疏，看上去十分普通。如果没人指点，不可能认出它来，它寻常得也就是一棵树。

古茶树和山谷相连的地方是一个平缓的斜坡，我们绕到斜坡上，前面的石牌上刻着“茶树鼻祖”四个字，仰面朝上，这才看清了这棵古茶树的完整样子。

这的确是一棵神奇的树。这棵树从枝丫到树干早已从中间裂开成了两半，而且裂口一直探到树根。说成是两棵树也不为过，它们完全各自独立生长着，各有各自的枝叶在茂盛生长。只是它们的树干各呈半圆体状，几米长的裂口裸露着，裂口之中，上面宽，得有二三十厘米，中间窄了一些，二十厘米左右，到了树的底部，肉眼仍然能看出它们的间距。而从上到下，树的开裂面尽管有一层苔藓，但彼此分明是在平直地对视着、印合着，它们其实还是一棵树。

在树干和树枝的连接处，后人们支起木梁，搭成了一个长方体，让四下发散的枝叶平稳地搁置在横梁上。左右各自的树干在枝干分岔处的下方，被牢实的布带捆绑在一起，形成了一棵整树的模样。而从左侧或右侧看过去，根本看不出这是一棵分成两半的树。

俗话说“树老空心”，空心的树不难见到。在颐和园西堤的玉带桥附近就有不少空心的树，空心裸露的部分被水泥细心弥合，看上去仍像树干原有的样貌。同样是古茶树，见到云南澜沧的“茶树王”，那才真叫高大威武，绿茵茵一片，颇有王者之风。茶树王的粗大枝干上挂着上百个蜂巢，小风一吹，就有蜂蜜的香甜味漾出。而我们现在看到的这棵古茶树，据说已有两千多年的树龄，相形之下，明显瘦小和孱弱。但半边树的样貌，和它生机勃勃向上蓬勃生长的姿势，更能显出生命力的顽强和坚韧。而且它的树干上结有层层叠叠的树瘤，越接近树根，这些疙瘩状的物质越多越厚，化石般的质地更显出时间磨洗中的沧桑印记。这棵树到底是不而且它的树干上结有层层叠叠的树瘤，越接近树根，这些疙瘩状的物质越多越厚，化石般的质地更显出时间磨洗中的沧桑印记。

是茶树鼻祖，姑且不论，但它的存在，不能不说是大自然馈赠给渝东南的一道奇特而又壮观的生命景致。

很多天后，还是忍不住翻出了渝东南之行随手拍摄的照片。跟茶树鼻祖有关的照片，从坡上到坡下拍了不少，有全景，有细部，有化石般凸显的树干，有茂盛生长的枝叶，还拍了保护古茶树所用到的木架结构。当时想的是，多留下一些对这棵古茶树的真切印记。

但是，我完全没想到，在很多张古茶树全景照片的左上角，会出现一个人，那是一位长者。我们兴致勃勃地拜访古茶树，专心倾听陪同我们的德隆镇干部的介绍，生怕漏听了一句。我们观察到在古茶树边上有一条给水的小渠，小渠的左右，还有一些近年来新种的茶树。当时我们谁都没有注意到在离我们三十多米远的上坡，有一位皓首苍颜的长者站在上方的围栏边，静静地、定定地注视着我们。从拍摄的照片上看，这位长者站在古茶树的右侧，离古茶树有三五米远的距离。为拍出古茶树的全景，我兴之所至换过好几个角度，拍出的照片自然不在同一个时间节点。但这些照片里都不约而同地出现了露出脸孔的这位长者，他在注视我们，不仅仅是在注视，分明是在很警觉地洞察我们这些来访者的一举一动。

这位长者是谁？他肩负着什么样的使命？

茶树村是金佛山大树茶的核心产区，据介绍，野生古茶树在这个村里就有一万多棵，树龄最长的自然是我们看到的“茶树鼻祖”。现在村里每家每户都有自己要管护的古茶树。从这里产出的大树茶，成了品牌，富裕了村民们的生活。这是自然生态对一方水土的深情呵护。

也正因为有村民们的忠诚守护，这些古茶树在向我们、向红火的重庆市区、向辽阔天地，源源不断地传送着山川大地生生不已的生命气息。

端详着手机上的图片，我对这位未曾谋面的长者充满了敬意。

火石坡的樱桃花开了

弗贝贝

本名费丽，重庆市酉阳人，中国作家协会会员。著有诗集《尉犁》，获第九届重庆少数民族文学奖。作品散见《诗刊》《星星》《扬子江》《红岩》等。

漫山的樱桃花，像云朵，像薄纱，像白雪尚未醒来的梦，停在树冠枝上。

近了，没有了置身景外的意境，却亲近了花树，惊扰了麻雀，待它们逃离花枝，我便采几朵下来嗅闻、欣赏。粉花蕊，白花瓣，围在一起五六片，这就成了一朵小小的野樱桃花。众多小花聚在一起就成了一树繁花。

蜜蜂在花丛中嘤嗡飞舞，颤动着小翅膀，为花儿授粉。在野樱桃花面前，谁能与蜜蜂争宠呢？它们才是春天的骄儿。

樱桃树点缀的火石坡，就是美丽的家乡。

喜欢干燥的沙土地，火

石坡就是野樱桃的家乡。它们在土壤厚实的山坡长成大树，在白崖下和沙石里长成小灌木。开出同样的小白花，结出同样的小樱桃。

虽说万紫千红才是春，但黑白相间最素雅。

爱繁花的浓郁，也爱稀疏的唯美。

她在巨幅画面中恍惚、呆立，任春风鸟语也不能打扰安静的赏花人。谷底高架桥上并行的车辆，也不能把她拉出静止的时光。

哦，春风和煦，溪水叮咚，鸟儿私语，道路往来……看樱桃花的人，是否已情愫暗生?

花树下，当年的愣头青对野丫头一见钟情，木叶情歌早就在风中酝酿，与樱桃花瓣蹁跹起舞……

而有些樱桃树还在回归的路上等待花期，它们吸收晨之露水，春之灵气，暗中铆足了劲儿，只要阳光一暖，春风一吹，就会继续点亮火石坡。

谁的春天不曾花满枝头?

那帅哥手脚并用，爬上公路，才算钻出林子，但樱桃花瓣儿长了翅膀，飞到他身上，黏了他的眉毛，乱了他的头发。

拂掉残花，他获得了怎样的花朵与春意？

相信腹有春意的人，喜欢浓郁，也喜欢素淡。

花开得多了、美了、香了，惊动了无数赏花人。开车来的，走路来的，路过顺便的……火石坡突然热闹起来，比附近景区氛围更甚。

游人在火石坡流连，变换位置拍照——哦，还记得那盛开一树美艳的花树，那春天枝头春意闹的场景……那开在朋友圈的樱桃花，余韵无穷。

谁不爱家乡？谁不爱轮回的春天和盛开的花事？谁的人生不曾努力争取绽放？

咔嚓咔嚓，一抹抹惊鸿的身影被定格在手机之中。

香随春风起，蜜从二月生。在这个春波微醺、春风得意、万物新鲜活泼的早春，谁与樱桃花的故事又将一次邂逅在火石坡？

山谷里，公路流动的心跳声也从不停歇。几棵樱桃树种在公路边的花圃里，作为强光遮挡物，它们是被改良过的观赏花，花枝、花朵都更茂密，花色更艳，花香更浓，花期也更长，但已不能正常结果，结了也不能正常食用。但周边坡上的野樱桃花是自由的、狂野的，它们在山坡上、小路边，甚至绝壁上，培养着自己孤绝的美，它们是自己骄傲的花仙子。

但周边坡上的野樱桃花是自由的、狂野的，它们在山坡上、小路边，甚至绝壁上，培养着自己孤绝的美，它们是自己骄傲的花仙子。

相比良种樱桃，小个儿的野樱桃成熟得更晚，成熟后颜色会更红。看见它们，你是否想起了当年的野丫头，穿着红衣服，花布鞋，扎着冲天炮，非要邻家哥哥钻进灌木丛，爬上樱桃树，去折那快要掉光花瓣的樱桃枝……

人世间，最好的结果是经过风吹雨打，经过时间洗礼后，仍立在枝头的那一对对、一簇簇宝石样的小樱桃，溜圆，水灵，可可爱爱……

时光荏苒，野樱桃啊，再次许你快点儿成熟；再次许你一个美丽的春天；再次许你，来生遇到好少年。

花美，任人采折，任由风吹雨打，甚至原谅啃食它的小虫子。然而，凋零终是花的宿命，虽说昨夜春风温柔，春雨和缓，樱桃花瓣仍不可避免地落入泥地、草丛，落入人们不忍踏足的林间小径。

完成了花的使命，就得结果，并为新叶让出舒展的空间。两天后，残存花蕊的枝头多出了一簇簇绿色小珍珠和褐色小叶子，不凑近都分不清哪是残蕊稚果，哪是再生新叶。再过两天，就只能看到毛茸茸的叶子了，稚果被隐藏起来。

看过花，就等结果了，孩子们都知道，只需三四个月，就能吃到甜甜的野樱桃了。

漫山的野樱桃花终是谢了，但春天还在回归，火石坡的花事还将继续。而那个学会退让的人，知道樱桃花会被泥土掩埋；也知道，当初野樱桃疯狂开花，是时令为它准备了一场美丽的梦。

若不想再次被轮回击打，就走出春天，沉默吧，时光终会记住你的绚烂，你的果实……

墨山古画

舒婉

本名秦鸿，重庆市丰都作协会员，曾发表作品于《丰都文艺》、上游新闻等。

五月，初夏，迎来了一场又一场接踵而至的雨水，浸湿土壤，灌满禾田，降燥去暑，一切都是这么顺其自然，从轮回里跳脱出来，霖泽大地，带来生机。

在我的笔下，犹爱写雨，清新的、明朗的、柔和的、刺耳的……别有一番风趣，而此刻，就让我任性猖狂一刻，笔尖跳动一瞬，牢牢记下这永恒的瞬息。

一

“水墨画松清睡眼，云霞仙鹭挂吟身。”一夜更深露重的液化过程，重塑原有的形态，融入山川河流，随朝阳的普照于晨间清风、于青葱华杉、于鹰虫蟹鱼一眼万年，相见难忘。随风潜入夜，润物细无声，一夜细雨，清洗了久经的风霜尘垢。清晨微微凉，万物苏醒片刻，悄悄织上一片上好的绫罗绸缎，用于抵挡高升的紫外线。是了，这婉转幽深的墨山女子啊，就是万般矫情罢了。瀑水哗哗下坠，溪水潺潺流去，风吹花落，一地芳华，挟带着跌落春水朵朵旋转的红花，顺着水流不知去往何方，又将历经怎样一番经历，真真是冒险挑战。

映照如镜碧波，梳洗装扮，清新脱俗，拾一片清透的云雾权当遮羞的面纱。明媚似火的烈日，真真顷刻使她半颊彤红，挑一对剔透的露珠打造成无与伦比的耳饰也再好不过。云雀掠过天际，惊起一阵微风，华衫飘扬，好似墨发轻落鬓角，回眸一笑万艳生。从云里雾里款款走来，笑靥如花，生于自然，归于自然。

一场雨，一座山，一幅古画。

二

“飞透纸窗斜取势，吹回溪面舞因风。身游水墨画图中。”若隐若现的山顶白色在高升的骄阳下呈现金色的光泽，人们向他祈祷，祈愿安康，世上太多虚无缥缈的祈望，却承载着诸多远来的愿景。不发一言一语，巍然屹立山川，也可以是山水一程来相见的理由，看不破，走不出，也曾于迷雾中徘徊踌躇，深夜降临危机四伏，踽踽独行。困苦的迷雾丛林却也是一方清静的世外之地，烹茶赏花，闲静自如，青山尚且不能徒步前行，四时之变，万物生灵，给予一方避雨栖息之地又怎么不算世间少有的独白。大地养育万物，甘霖滋润大地，娴静少言地、端庄优雅地等着被遇见，等待着对白千里迢迢来的无数美好愿景。

一片雾，一座山，一幅古画。

三

“疑将。水墨画疏窗，孤影淡潇湘。”风的抚摩，雨的肆虐，光的普照，银银岁月长河里，青葱少年到耄耋古稀，含苞待放至花重锦官城，常伴身侧的唯有清凉月光下的一束影子，巍峨的身躯反衬矮小的光影，也怕是这些日子里独有的欢愉了。雄鹰黄昏归巢回到嗷嗷待哺的雏鸟身边，以此为家、枯黄的叶在空中缓缓舞动，放着最后的高歌。归于最初根源，团聚相遇、光赋予云彩被瞧见的机会，至日落黄昏会燃烧成五彩的霞，驶入黑夜归于混沌。而青山呢？经年累月，日复一日，逃不脱时间洪流的安排，却也瞧见多少兴衰荣辱，改朝换代，都说“江山易改，本性难移”，易改的是无数君王的一生，难移的倒是一成不变的人心。我见青山多妩媚，料青山见我应如是，世间少有多情的载体，也难怪世上大多神仙眷侣都以石喻山盟。山的深邃、庄重、婉转、神秘……千百座山峰千百种姿态，一旦摆正，岁月难改，人言不惧。

一束影，一座山，一幅古画。

美的、深情的、悠扬的、神秘的，五月细雨，浅浅地让我慢慢读懂一座山的独白！

青山在，人未老

杨碧

中国作协会员，作品散见《解放军文艺》《人民日报》《星火》《散文百家》《青年作家》《散文选刊》《散文海外版》等。

每天3次巡山，一次4公里，一天12公里，一年4380公里。56年里，郑隆明巡山所走的路有24万多公里，相当于绕地球6圈多。

——题记

马鞍山还未从滴翠的梦中睁开眼睛时，鸟儿已经长一声、短一声地练起了嗓子——都是些早起的鸟儿。和它们一起扑扇着翅膀的，还有12岁的郑隆明，他可不是上山玩，而是跟随父亲去巡山。

郑隆明，潼南塘坝人，家住封坝村马鞍山下。当年，爷爷郑吉山每天早晨五六点钟就会上山去巡一圈，因为那山里，每一棵树都如同他的家人，他每天都会去看一看他的家人。郑吉山去世后，守山护林的接力棒被儿子郑德川接了过来。而郑德川巡山时，身后总跟着一个小尾巴，这小尾巴和爷爷、父亲一样，把守山护林的身影，融进了郁郁苍苍的大山。

爱山，也爱山里或安静或美丽或活泼的生命，这真挚而热忱的爱，自爷爷守山时，就如种子一般，落在郑隆明幼小的心田。

20 世纪 70 年代，马鞍山上的树木成了香饽饽，少不了有人上山偷树，月黑风高夜，尤其是大雨滂沱之夜无疑是偷树者不肯放过的好机会，以为雨大，便没人守了。但郑隆明可不给他们这样的机会，他和父亲把鸭棚子搬上了山，晚上就睡在里面。不知道偷树者的确切方位，因此鸭棚子也并不固定在某个位置，一晚上总要挪动好几次，也总要起来查看好几次，那些偷树的贼，时常在一声暴喝中，丢盔弃甲，落荒而逃。

要想山更绿，就得多种树。郑隆明在春秋两季植树，一个季节上千棵。树苗都是自己培育的，或者在冬天捡来柏树、青杠、酸枣等种子，待春天埋进土里，或者剪树枝扦插。浇树的水也是郑隆明自己挑上山的，一个季节上千棵树，一挑水浇三四十棵树，算一算，一个季节下来，郑隆明的肩膀上，得压上多少挑水？年复一年，马鞍山森林绿化面积由 500 亩绵延至 1100 余亩。莽莽林海，滔滔绿浪，吸收的是二氧化碳，吐出的是氧气——那清新的、令人神清气爽、有益健康的负氧离子。

20 世纪 90 年代后，随着社会经济的发展，山上的树也不再被盗伐者爱山，也爱山里或安静或美丽或活泼的生命，这真挚而热忱的爱，自爷爷守山时，就如种子一般，落在郑隆明幼小的心田。

惦记；可新的问题又来了，山林越是繁茂，火灾的危害就越是凶险。如遇山火，郑隆明说，几代人守护的这座青山，就将毁于一旦。

从以前的防止偷砍盗伐树木，到如今的防范森林火灾，巡山的那双眼睛，便不能只看山里，还得把山外一览眼底。站得高才能看得远。一次，郑隆明站在山顶上，一眼望到距马鞍山不远的祖狮庙出现山火，立刻向森林防火指挥部报告，指挥部迅速组织人力，扑灭了山火。

郑隆明每天巡山三次，雷打不动。

清晨进山，两个多小时后回到家中，几口喝下老伴煮好的稀饭，又来到马鞍山森林防火守卡站。这时，进山的游人多了起来，为杜绝火源进山，郑隆明不停地告诉游客：把身上的打火机拿出来，放在竹篮里，下山的时候再来取。

接近中午，郑隆明手握一只小喇叭，又沿着早上的路线上山了。一路上，提醒游客们注意防火安全的声音通过小喇叭，回荡在山中，一遍又一遍……

黄昏，郑隆明第三次走进山里，检查山上有没有留下火灾隐患，要不然，睡觉都不踏实。

我问郑隆明，守山护林要做到什么时候？我以为他会说，做不动的时候就不做了。没想到他呵呵一笑，说，还从来没有想过这些。

也是，他哪有时间去想这些，他也用不着去想这些，任封坝村党支部书记的儿子郑林、上大学的孙子郑浩，都加入了守山护林的队伍，一有时间就会陪郑隆明去巡山。

郑隆明想的，是马鞍山上的树，如儿子郑林所说：“马鞍山森林大约有 15 万棵树，这些树木就是我爸的 15 万个念想。”是的，这些树木就是郑隆明的念想，就是已融入血脉中的、割裂不开的存在。

当马鞍山还未从滴翠的梦中睁开眼睛时，鸟儿已经长一声、短一声地练起了嗓子。都是些早起的鸟儿。与它们结伴而行的，还有 68 岁的郑隆明，这位全国最美生态环保志愿者，发已花白，但巡山的脚步却依然沉稳有力。

青山在，人未老。

— 第二辑 —

河流的眼睛

河流的眼睛

唐力

一级作家。作品发表在《诗刊》《人民文学》等刊物。著有诗集《大地之弦》《向后飞翔》等，曾获第四届重庆文学奖、首届何其芳诗歌奖，第三届徐志摩诗歌奖、储吉旺文学奖、《十月》诗歌奖，嘉陵江文学奖等。

一

此时，我注视着这一条河流。

注视着这一条无数次从我睡梦中飞跃而过，留下缤纷梦想的水花的河流；注视着这一条无数次从我身体冲刷而过，而在我心中留下无尽轰响的河流，就像注视着一个巨大的、绵延的存在，无论我在何处，它总是影响着我，教导着我，塑造着我。

江风迎面吹来，带来它潮湿的、独特的气息，伟大的气息，就像父亲的气息，令我沉醉，令我敬畏！

太阳从陡峭的、高峻的山上升起，将光芒洒向江面，“浮光跃金”，古老的词语，立刻浮现在我的脑海。

我注视着那粼粼的波光，轻轻地翻动，我看到了一些细碎的、散碎的、珍贵的金子，暗藏其中，它们散发出金色的光芒，与波光相互映衬。

我相信，这一条大江充满了神秘的财富。是的，它是我们的财富，是我们民族的财富，也是整个人类的伟大财富，更是需要我们用一生去守护的财富。

我注视着这一条河流，微风吹动，涟漪荡漾。

我注视着那一片片波光，我看见每一片闪动的波光里都有眼睛：无数的眼睛，明亮的眼睛、深邃的眼睛，也在注视着我。

在这个瞬间，在这个出神的瞬间，我和一条河流对视，我的目光注视河流，河流却以万千目光注视着我。

这是一种无言的交流，一条大江，将它的澄澈、它的沉静、它的奔涌、它的辽远……注入我的身体。

河流的眼睛，带来了大江神秘的自身。

二

在巫山，在岸边，我看到这些清澈的水，平静如镜。

我蹲下来，掬起一捧江水，看着水一滴一滴地从我的指缝间滴落。

我看见，每一滴水都有一双眼睛——水的眼睛。它是那样清亮、透明，那样纯粹、无瑕，在滴落的瞬间，直视着我，凝视着我，直接将一种洁净的精神写入我的心灵。

看着指尖的一滴水——这长江的一滴水，我就会想，它经历多少峡谷、多少险滩，多远的路程，才抵达这里？它是否包含着岷山的雪、秦岭的云，乌蒙的磅礴？还是包含巴颜喀拉山的清寒，各拉丹冬的冰川？一滴江水，经历了多少曲折，经历了多少跌宕，经历了多少日夜，方才抵达这里。这一滴江水，包含着怎样辽阔的空间和历久的时间啊！

我的思绪飞向辽远……

距今2亿年前的三叠纪时，长江流域的绝大部被海水所覆盖。距今1.8亿年前的三叠纪末期，地球上发生了印支造山运动，昆仑山、可可西里山、巴颜喀拉山、横断山脉、秦岭，高峰突起；云梦泽、巴蜀湖、西昌湖、滇湖等，相互串通，从东向西奔流入海，与如今长江的流向截然相反，古长江雏形得以形成。

距今约 1.4 亿年前的侏罗纪时的燕山运动，青藏高原抬升，高山巍然，深谷纵横，洼地遍布。距今约 1 亿年前的白垩纪时，四川盆地缓慢上升，云梦、洞庭盆地下沉。距今约 300 万年前时，喜马拉雅山强烈隆起，长江流域西部进一步抬高，从湖北伸向四川盆地的古长江溯源侵蚀作用加快，切穿巫山，使东西古长江贯通一起，滚滚奔流，注入东海。

多么伟大的力量，多么漫长的时间，才成就了今天的长江，才成就了今天长江的每一滴水，才成就了那清澈而悠远的目光！

“亿万斯年，永祐丕基。”

这就是长江，在两岸，我们的先民聚集在它的身边，逐水而居，繁衍生息。长江与我们密不可分，多少年来，它以滚滚波涛，塑造我们民族的心理；它以滔滔浪花，创建我们民族的情感；以两岸的群山的高峻和伟岸，锤炼我们民族的性格。

长江奔流，一个伟大的民族，在它的身边诞生。

“登高壮观天地间，大江茫茫去不还。”我们因它而骄傲，因它而豪迈，我们因它生生不息！

我注视着一滴江水，就是在用心体会这一条大江。这一滴江水也在注视着我，用一条长江全部的江水注视着我。

一滴江水，就包含着整个长江。

江水注视着我，注视着我们，用它最古老的时间，用它最辽远的空间，注视着我们。

它分明是告诉我：长江造就我们，我们也要守护长江。

“治理长江环境，保护长江生态。玉洁冰清，还诸天才；青山碧水，留以子孙。”长江源的碑文这样写道。

在这出神的一瞬间，我明白了，今天我们守护长江，就是守护我们自己。

三

而这一滴水的眼睛，如斯清澈，如斯明亮。

它的闪耀，也是人之光的闪耀。

因为这一滴水，也有多少人看护着它，守护着它。

有多少人把它捧在手间，含于眼中，啜于唇间，藏于心中。

行船的人、护堤的人、水质监测的人、清漂的人……无数的环保人，守护着一江碧水，守护着河流的眼睛。

在长江的岸边，放眼望去，辽阔的江面，水如碧玉，不时地翻动粼粼波光；两岸高山，回清倒影，令人心旷神怡。鸥鸟飞翔，曼妙身姿，在风中抒写传奇。

在如此美丽的风景中，往来的船只，川流不息。高大的船舶，傲然而行，不时鸣响庄严的汽笛。灵巧的小船，如一条条游鱼，灵动地穿梭其中。而这些小船中，就有巫山城市管理局清漂的小船。

巫山县是重庆库区清漂的“最后一道防线”，境内有长江干流和支流水域岸线总长 183.45 千米，其中长江干流岸线长 55 千米、支流岸线长 128.45 千米，175 米蓄水期间水域面积达到 360 平方千米。

水域面积广，清漂任务重。巫山除了配置 6 艘大型机械清漂船，普通保洁清漂船 10 艘、小型清漂船只 27 艘外，还在长江大桥、龙门大桥、清漂码头、曲尺、青石等处安装了 360° 旋转的高清摄像头，实时监控，及时发现，及时清理。在一些浅滩、小河湾、江边等地方，需要人工驾着小船，在江上往来穿梭，清理漂浮物。

清漂船游弋在江面上，而船上的清漂员，不管是炎炎夏日，赤日当头；还是凛凛寒冬，寒风割面，他们都站在船头，伸网、下网、拦截、提起、翻转，一系列动作一气呵成，一网网漂浮物，倾倒在船上，随着时间在长江的岸边，放眼望去，辽阔的江面，水如碧玉，不时翻动粼粼波光；两岸高山，回清倒影，令人心旷神怡。鸥鸟飞翔，曼妙身姿，在风中抒写传奇。

的推移，船上慢慢就垒起了一座小山……

据了解，仅是巫山县，去年就出动清漂船只 3000 艘次、作业人员 9000 余人次，清理、转运、处置干支流水域垃圾 1.2 万余吨。

在长江上，清漂员伫立船头，长竿在手，威风凛凛，身穿黄色的背心，在阳光的照射下，分外醒目。我看到他们的形象，不由得想，他们分明就是长江的“忠诚卫士”，用自己的辛勤的劳作，用自己一颗炽烈的心，守护着长江的洁净和美丽。

四

“船头独立望长空，日艳波光逼人眼。”

每年汛期，是他们最繁忙的时段，山洪和暴雨带来了大量的树枝、落叶、秸秆、垃圾等漂浮物。这个时段，每天早上六点，天蒙蒙亮，他们就得驾船出发，一路打捞；随着太阳渐渐高悬，热浪滚滚而来，他们不但要忍受头顶上烈日的灼烤，还要忍受脚底下甲板的烘烤，因为这个时候，船上的甲板上热度经常是在 50℃以上，简直是难以立足。“走在上面，就像踩在火石上一样。”实在熬不住，他们就拎着桶，打上一桶江水，向甲板上冲一冲，清泠泠的江水在甲板上流淌，让他们的脚底就能凉快一点，继续清漂。中午时分，午饭也是一个难题，他们只能用开水泡上方便面，蹲在船角，马马虎虎对付一顿，又开始了打捞工作。

当他们返回时，常常已是繁星密布，天空的繁星与江流中的繁星交相辉映；或是一轮明月的清辉，洒向江面，仿佛无数的碎银闪烁跳动。此时疲惫的他们，已无心观赏江夜这美好的景致，“但只要看到江面上干干净净的，心里就别提有多高兴了。”对于他们来说，只要江清岸洁，所有劳累和疲惫，都是值得的。

早出晚归，日复一日。“君看一叶舟，出没风波里。”他们的辛苦，是为一江碧水而辛苦；他们的付出，是为美丽的中国而付出。风里来，雨里飘；浪里飞，船头捞，万州，云阳、奉节、巫山……无数的清漂人，奔忙在江上。

“我们要像守护眼睛一样守护一江碧水。”一位清漂人的大实话，道出了他们所有人的心声。

“素月分辉，明河共影，表里俱澄澈。”山河秀美，江水澄澈，是因为有一群“肝肺皆冰雪”的人在守护着它。而这一群平平常常的、普普通通的清漂人，他们的心灵不正是像冰雪一样纯洁吗？

清漂船游弋在江面上，在遥远的远处。

当我在白帝城边的城墙边，看到它们；当我隔着树木浓密枝条交错的缝隙，看到它们；当我在巫山高峻的岸边，看到它们；当我站在轰轰急驶的江船上，看到它们……我突然发现，它们也像一只只眼睛，镶嵌在河流之中。

我明白了，它们也是河流的眼睛，而船上小如墨点的清漂人，就是那最灵秀、最灵动的瞳仁！是那一只只眼睛的灵魂！

河流的眼睛，永远闪耀着自然的光芒，永远闪耀着人的光芒！

2023 年 4 月 15 日

群鸟飞翔

张远伦

苗族，重庆市作家协会副主席、重庆文学院专业作家。著有诗集《逆风歌》《白壁》《和长江聊天》等。获得少数民族文学创作骏马奖、人民文学奖、陈子昂青年诗词奖、徐志摩诗歌奖等奖项。入选诗刊社第 32 届青春诗会。

一

重庆。长江消落之处。江滩生态修复治理带。

此刻我独坐沙洲之上，为自己营造出一种仿若幻境的氛围，一个人参与，全世界参与。时值春天，春水尚未大发，零星小雨并未增加江水的流量，水位如同深冬之时，但是水更绿了些，消落带更宽了些。露出的干枯河床，似是有意送我去江心洲，信步至江水边沿，小风暗生，有块干净的长江石可坐，却不敢久坐。

正欲起身，忽见一只白鹭从江湾飞出。盘旋而起，忽又俯冲下来，贴着江面飞行，翅膀的倒影在水中舞动。我试图看清它的独舞，看清它几乎与水面零距离时，它的本相与虚影是否重叠。就像我，思想要向高处去，现实却让我留在原地，我只能在倒影中展示自己的一部分——那属于炫技和荣耀的部分。眼前这只白鹭，与我实现了物我两端的交流，似乎是它，似乎是我，将这条大河的水波提了起来，将涟漪一圈一圈地送给深空。云朵无言，蓝天沉默，而水的叙述轻柔地浸润了天地之间的世界。

这水中的飞翔，这光影的仿写，人类本无法参与。我依靠着汉语般的意会，强行依附其上，我是拙劣的学生，资质驽钝，向白鹭老师学习心境的自如，我要将这种无所用心无所谓的状态，延续给我的未来。

二

然而，我终究是要离开沙洲的。远处的货轮激起江水，一浪一浪席卷过来，意欲打湿我的思绪。独坐一会儿，我离开白鹭的独舞之地，进入它们的群舞之地。数只白鹭散漫地驻足在消落带的芦苇丛上，有的动若问天，有的静若问己。我在想，要不要"僭越"一下，进入它们的领地，但最终选择了远远地观察它们。

去年种植的芦苇，少数没能挺过来，枯的终是枯了，但是多数活了下来，把长江江滩认作了自己的故乡，节节活着，丛丛活着，其生命力不容小觑。我怀着虔敬之心，看着其中一株枯苇祈愿，希望它能够在群鸟的祈祷下复苏，来年春天可以成为一只雏鹭的试飞起点。

我见过去年种植芦苇的那群人。他们质朴，满身沙尘，很像我的父母。他们看上去像是带着某种信念在劳动。三根为一窝，一窝长一丛，一丛紧挨着一丛，便有望成林。芦苇的最小单位，从来不以株计，它们连片而出，要将河滩整体守住。先天的平衡，布局在沙坑里，允许它们没有主心骨，内部空着，外部更空着，取锐角的姿势，活下去。提着小锄头离开的阿姨，脚印均匀，像一串……走向芦苇的秋天，白鹭隐身在水柳树上，代表春天目送。

而现在，半年过去了，芦苇已经占领了河滩，大片大片的绿，成了大河的同色系，天然融入，毫不违和。人们在芦苇丛中露出半身，有时是一个人的自得，有时是两个人的浪漫，有时是一家人的欢愉。宽阔的江滩上，只有这里可以躲太阳，蜷缩进去，像雏鸟，收起玩心，在沙土和植被的接合部筑巢而居。野性释放之后，疲倦袭来，这里静了下来，每一片绿叶都在逆光中，我们的脸上，阴影在摇晃和幻化，恍惚中我看见，一株低矮的芦苇在挪移，慢慢地走成了另一株；我也在动，慢慢地成为另一个人。我们和那些白鹭，似乎都是空壳状态，通体透明。我是多么安静啊，可一身的骨骼从未停歇。

三

我依旧在河滩漫步，偶尔会与一只喜鹊不期而遇。

我不知不觉地进入芦苇丛深处。当我惊觉自己误入的时候，已经来不及撤退。此时天高地阔，苍穹如洗，芦苇静谧。芦苇丛的缝隙狭窄，适宜窝藏一只惊惶的喜鹊，它忽然看见了我，我也忽然看见了它，互相对视一眼，旋即各自后退。它的黑羽新鲜如四月，白绒新鲜如四月一日。

这么美的喜鹊，多么让人欢喜。我本想退去，但是好奇心驱使我跟踪着这只喜鹊，我没有多余的心思，只想跟着它多走几步。然而，我在黑白之间，几乎来不及选择，就陷入了苇丛的迷宫，而喜鹊瞬间消失，不知它转进了哪一丛芦苇。眼前大片的绿叶，到处可以做鸟类的家。我停止了寻找，再这样深入追踪，就是罪过了。

我取道最近消落带的沙线，重新走向河水。从苇丛中出来，看见大河安静了许多。水位一再向下，洲间小潭空明，小片水与小片水之间，露出背脊样的沙线。这时候，我的视野里出现了一种白鸟，由于距离较远，看不太清楚，但我确信它不是白鹭。它近水绕一圈，先轻扬羽毛，而后敛翅，像从时光那里收复了领土。沙洲逼仄，却刚好用来小憩，它没如我想象的那样俯冲而来，抓取这汪小潭，而是巧妙地变向着陆，这迂回，这凌波微步，够一个诗人学习一辈子。我拿出手机，将镜头拉近，然而遗憾的是，我依旧看不清它。这种神秘感，让我更为心动。

难道它是鹳？它用江天对我成像，并懒得理我。它看到了我的崇拜，仍飞过我身侧。它眼睛的清澈我无法看清，也许它的左眼带着昨夜星光，右眼带着昨夜月光，它的身体，带着天下最美的纺锤体语言。我也依靠语言的触感，去凝视一只水鸟对我的突袭和扑面而来的消逝。它有着贵族般的审美。当然，我也有着贵族般的审美，希望将自己的思想安置在触手可及而又无法捉摸的地方。它的晶状体里有虹。重庆城半边天上的小雨，制造了眼前的彩色迷离之景。而我，构成了虹，似乎就站在色带的生发之处。这个时候，虹的弧顶上站着一只遗世独立的鸟，这似乎是，小雨半边天，独鹳满天。

四

遇见鸟中贵族，意味着我有好运吗？

而接连遇见鸟类贵族，意味着我的好运将持续很久吗？答案在戴胜鸟的翅膀上飞。

春日忽而下起了小雨，刚从鹳的未尽之意里出来，我又进入了戴胜鸟的言外之意里。一切都刚刚好，一切都没有错过。生态向好，自然人类就有好运。这没有什么可说的，我们的未来就是鸟类的未来。两只戴胜鸟的前途，有我的方向。

我还记得故乡山野里的戴胜鸟。小时候我见到它们，惊为天人，它们的羽冠让我以为是皇宫里的帝后降临。很长一段时间，我都在心里默默记着，这世界上有一种鸟，头部有着极致的美。但是，我不知道它们姓“戴”。故乡玉山，全镇只有一家人姓戴，它是出走的女儿还是归家的这个时候，虹的弧顶上站着一只遗世独立的鸟，这似乎是，小雨半边天，独鹳满天。

儿子，我无从判断。

在我老家的山林边，一块平地上，童稚的我邂逅了这种终生爱着的鸟。在一地灰雀中，我一眼就区别出了它俩。很有意思的是，我有限几次见过的戴胜鸟，都是成双成对，它们仿佛天生就是为了恋爱而生。似乎那一身华冠亮羽，也是为浪漫而生的。

那时的它们见到我并不惊慌，轻巧地向我的语感里走来，像踩着无声的节奏，回到原本属于它的暗喻里。我觉得此生一定与它们有着某种关联，我要么是这种美的叙事者，要么是这种爱的抒发者，要么是这种情调的传达者，要么是这种炫技的模仿者……我一生都在用汉语学习它们。

我路过戴家，曾经看见它们为天空开着门，这种幻觉，让我涌起了更多怜爱和愉悦……像是它们忽而幻化为人，登堂入室。多年后，我在故乡的山野里又见过它们，它们顶着羽冠走，而不是飞翔，走得气定神闲，以同类的视角望了望我，又继续走下去。“它眼里这只姓张的鸟，崇拜过飞翔，却笨拙得再也扑腾不起来。我们之间见过，也没见过。像是佚名遇见无名，彼此都叫不出声来。”然而，这次在九龙半岛的江滩见到戴胜鸟，是我最大的意外和惊喜了。以前，我和它们相见，是“佚名遇见无名”，我们都在不被看好和不被关注的范畴里，但是现在，我们都经过了诗歌和生态的命名，重新拥有了身份和重要性，便是“张远伦遇见戴胜鸟”了。当然，我们各自被命名都是微不足道的，不过是一种自我确立而已。

午餐之后，我信步转悠，小雨中，又遇见两只戴胜鸟。和以前我见到的戴胜鸟一样，它们毫不掩饰自身美的特点。俯身啄草时，头顶的羽冠不停颤动，让我分不清谁是皇后；翩然飞行时，张开的翅翼上仿佛泼洒了水墨，让我更分不清谁是王。其中一只回头睥睨了我一瞬，另一只依旧悠然漫步于草地上，并不急着飞走。我想把这一帘雨全引至我这里，不举伞，不遮头，即使有头衔也折叠起来，绝不在戴胜鸟的秘境中，炫耀人类的头脑。

它们用细长的喙探测着大地，像是在成家，更像是在建立自己的王国。

水的密码

强雯

重庆文学院签约作家。作品发表于《人民文学》《十月》等刊物，著有《养羞人》《吃鲸鱼的骡子》。曾获重庆文学奖、巴蜀青年文学奖、红岩文学奖、中国新闻奖。

水里有许多不为人知的秘密。除了单细胞藻类的生老病死，还有事故遗骸、塑料垃圾的堆积，水中有无数近似于行星系演变和进化的故事。与水相关的文明和灾难，此消彼长，无法解释，无法详尽。江河湖海、溪流瀑布，乃至人工水库，都让人莫测。

两千五百年前，中国的道家鼻祖临水而望，一叹万千："水不争而天下莫能与之争。"在所有与水相关的断论中，从自然层面上升到哲学层面，这大概是最经得起检验的水的智语。

在造城运动如火如荼，现代化高歌扩张的今天，"水不争而天下莫能与之争"正在变成一种报复性灾难，某种程度上，它成了一种预言，一句谶言。狂妄自大的人类，遭到了某种诅咒。修复水与人的关系，争夺青山绿水之路，也是在澄清自然与人的关系。归根结底，是整理和完善人类继续生存和繁衍的关系。

可持续性发展，在每一条小江小河中，都显得不可或缺。

世界如此恢宏，又如此具体。不妨从川渝交界地的河流两岸沿涉，从四川泸州到重庆永川、北碚，四川与重庆毗邻之地，有大大小小的水资源，沱江、嘉陵江、渠江，赤水河、长江……一条河会流经好几个城市，一个人工湖，会世代影响人类的发展。它们像一棵树木的一片枝叶，具有某种标本意义。

它们的构成或滋养了一方城镇，对它们的修复与保护，也是人类生态文明的自我建设。

一

七月的太阳像鞭子抽打着土地上的人。耕地里、水泥地上，人少得出奇。不得不劳作的人，戴着旧草帽，弓腰挥汗。

我接过先市镇酱油厂工人递来的一顶草帽——20世纪七八十年代最流行的稻草帽——扣在头上。午后的烈日烤得毛孔炸裂，手心、前胸、后背，汗水像被抽压了出来。工人们已经习惯了这样的温度，对他们来说，这是好事，酱油可以发酵得更充分。远处的赤水河混合着夏日的泥沙，奔腾不息。

汗水在流淌，是一股浓郁的油香，白云、流水、青山、树林、地上密密麻麻的缸子，均是这股豆油香。泸州市合江县先市酱油生产地就在这里。在赤水河的下端。

赤水河，因中国工农红军“四渡赤水”而闻名于世。赤水河发源于云南昭通，流经云贵川三省，总长 436.5 千米，流域面积 2.04 万平方千米，是长江上游唯一没有修建干流大坝并保持自然流态的一级支流，也是众多珍稀特有鱼类的重要栖息地和繁殖场所。流域内生物资源丰富、自然景观优美、历史文化厚重，是连接云贵川的一条经济动脉和人文纽带。赤水河在四川省境内长约 229 千米，在合江境内约有 60 千米。

在合江先市镇，赤水河成了酱油的原料。厂区占地 40 亩的晒露场上，6000 缸戴着斗笠的酱油罐列队齐整，沙场秋点兵。

中国闻名遐迩的酱油很多，先市酱油并不是最有名气的，但全国重点文物保护单位的石碑赫然立在门口，宣示着它凌然的历史。

这是依然保持传统手工化制作的酱油之地。

过去的食物制作，是手上过。

从汉代开始，已经有人在此地制作豆油，唐代渐成风尚。清乾隆元年（1736 年），随着川黔官办盐岸的建立，赤水河盐运兴盛，先市镇盐商船户、纤夫云集，酱油作坊增多。

1893 年的阳光大概和今天没有太大区别。炽热、潮湿、赤水河碧波蜿蜒，那一年，先市镇的一个乡绅袁映滨开始在这片望水之地上建造“江汉源”酱园。

阳光、雨露、泥土、等待这些工序，像人生本身一样，使食物充满了灵性，即便是仅仅作为调料的酱油。

浸泡、清洗大豆，蒸焖大豆，凉豆料，拌和面粉，制曲，晒露发酵，这些程序，只是等待豆油的生长，这个等待是值得的，此消彼长的香味让人不想挪动脚步。

刚刚分泌出的豆油，只是第一步，接下来，自然浸出取油，暴晒浓缩油体，过滤澄清，灭菌、包装、销售。

这百年老作坊远近闻名。

民国中期，“江汉源”酱园与镇上另外两家酱园厂合伙经营，更名为“同仁合号”。“同仁合号”酱园有天然晒露发酵缸 600 多口遗存至今，并有多家酱油销售店铺，其中一家至今仍在经营。民国期间，先市酱油远销香港。中华人民共和国成立后，持续使用百年的老作坊、晒露缸被列入“四川省重点文物保护单位”，先市酱油传统酿制技艺列入“国家级非物质文化遗产”。

手工老酱油得到了全国文化学者的青睐，也引来了各地生态文明建设者的关注。酱油是香了，但在生产酱油过程中有泡粮水、清洗容器水、冷却水等废水是不是直接排进了赤水河呢？

酱油废水的处理成了谜团。

“就地处理。”酱油厂工作人员向远处一指。他带领我们绕过几千缸戴着斗笠的酱油缸，小步前行，在园区外，一片草丛横生之地，找到了答案。那是一间略显破旧的约百米宽的青砖屋。在它周围长满了两人高的杂草，朝东的一面墙上挂着一幅标语牌：“污染环境千夫指　保护环境万人颂。”

太阳白花花地在屋顶上，炫耀威能。我钻过割人的草丛，来到污水处理池的正面。

蓝底白字上写着“好氧池”“兼氧池”“二沉池”“紫外线消毒”“流量计”“消毒池”“应急调节池”，一个两立方米大小的水泥缸上标注着“污泥干化池”。奔流的赤水河离它不过十多米远。

随行一起调查污水处理情况的四川省环保局的李江都主任说，酱油废水的秘密都在这间房子里了。

这套废水治理设施，始建于2020年7月。采用厌氧、曝气、消毒处理工艺，日处理20吨酱油生产废水，经处理后的废水通过污水管网进入先市镇生活污水处理厂，目前废水处理设施正在调试运行阶段。酱油厂建有天然气锅炉1台，污染物主要有氮氧化物、二氧化硫、颗粒物等，执行《锅炉大气污染物排放标准》（GB 13271—2014）。一般固体废物主要为醋酱醅渣，即豆渣，经与周边农户签订种养殖协议，由周边农户及时清运用作猪、鱼饲料和种植果树等方式进行综合利用。

最终经过处理的废水达标后，才能流入赤水河。

工业污染是河流最容易变坏变腐的源头。为保护好赤水河，近年来泸州市加强工业污染整治，先后对20余家赤水河流域重点工业企业开展污染排查，并相继建成城镇污水处理厂55座，污水处理规模达8.97万吨/日，实现了赤水河流域泸州段城镇污水处理厂全覆盖。

下午五点，太阳已西斜，但依然灼目。

等到七八月的汛期过去，秋老虎的九月再肆虐一下，赤水河才会渐渐碧绿起来。

二

赤水河很长，横跨三省，赤水河的保卫战，也很长。在先市酱油产地这里，整治废水的工作，只是惊鸿一瞥。

作为四川、重庆、贵州的交界地，合江县赤水河流域生活着约 35.7 万居民，合江县境内有大小河流 104 条，赤水河在此汇入长江。

赤水河流域生态环境，除了减少废水入流，还有更多的事情要做。巩固土壤，靠水吃水，保护好赤水河流域生态环境，对于筑牢长江上游重要生态安全屏障具有重大意义。早在 2018 年，云南、贵州、四川达成共识，共同出资 2 亿元设立生态保护横向补偿资金，按照“权责对等，合理补偿”的原则，实施约定水质目标的分段清算，将补偿资金及治理任务分解落实到各责任市县，全力提升赤水河流域环境保护的整体水平。

2021 年 5 月，云南、贵州、四川三省人大常委会又分别审议通过关于加强赤水河流域共同保护的决定和各自省份赤水河流域保护条例，并于 7 月 1 日在三省同步实施。三省共护赤水河，进入一个新的历史阶段。

响当当的“合江荔枝”也因赤水河而产业化生产。

“赶快来认养一棵荔枝树吧。价格最高的八万一棵。”胡某是合江人，平时喜欢宣讲地方文史、写文章，他有几分玩笑话地向采访者叫卖荔枝树。他说投资荔枝树现在类似于炒股，但是肯定能赚，八万块钱不算多。

当然，投资都有风险，可能这一年会歉收，也可能这一年会大满贯。

“合江荔枝是全国的晚熟荔枝，杨贵妃当年吃的荔枝，可都是从我们合江快马加鞭送过去的呀。”合江县环保局的工作人员说，荔枝要新鲜才好吃，从四川到陕西西安运送的荔枝路程较短，到达唐朝皇宫时远比广东的荔枝新鲜。

这一路听来的逸事真伪已不太重要，酱红色、暗绿色的荔枝在行道树上闪闪烁烁。

大暑时节，正是荔枝最好吃的日子。

合江的荔枝带着果酸，与广东的荔枝相比，这是最大的区别，但这果酸味，反而让它更受青睐。

穿行在 15 千米长的荔枝园区产业大道，满眼都是红彤彤的荔枝果实。

荔枝树一排排除了长在园区，在合江的每个人家的房前屋后都能看到。人行道上，也有结着饱满果实的荔枝，红的，绿的，馋死人。然而人们步履不停，最多拿出手机拍拍，没人去偷摘。落在地上的果实，化作春泥更护花了。

2020 年，合江县以荔江镇为主产地的赤水河流域荔枝产量达 3300 万公斤，产值 16.7 亿元。连片种植面积超过 15 万亩的荔枝林，不仅有效促进了赤水河流域的水土流失治理，更是成了当地农户增收致富的“绿色银行”。

生态补偿，如看得见摸得着的荔枝，挂满枝头。

给赤水河打考勤，成了新常态。

新建成投用的赤水河国控断面——醒觉溪断面水质自动监测站，对赤水河流域两个断面每月监测一次。同时，该县还落实河道管护人员425名，负责清理河道水生植物、漂浮物等，有力地保障了赤水河流域合江段水生态环境。

水，让土地富足。

三

泸州的河流多，关于河流的故事自然也多，但有时候，故事会不小心变成事故，比如长江。

长江是中国永远的母亲河。歌颂长江的文字和影视片，信手拈来，如数家珍。

它的浩瀚，离不开“世界屋脊”。青藏高原的唐古拉山山脉各拉丹冬峰西南侧。水以滴现形，涓涓而下，干流流经青海省、西藏自治区、四川省、云南省、重庆市、湖北省、湖南省、江西省、安徽省、江苏省、上海市共11个省级行政区，于崇明岛以东注入东海，全长6397千米，它是世界第三长河，是中国第一长河。

在中国有长江流过的城市，它被数代人赞美。童年、青年、中年、老年，它流淌的样子，会随生命的不同阶段而有不同的审美。

保护长江不仅是生态建设，也是人文价值的确立与规范。

被长江滋养过的城市和乡村不计其数，如果把污水直接排入长江，将会怎样?

2018年，在中央生态环境保护督察组拍摄的《长江经济带生态环境警示片》中，拍摄了四川省泸州市老鹰坵污水溢流长江的画面，淤泥与恶臭直接排入大江，像脓疮越来越大。而泸州所在的长江段，正是长江的上游，它将带着这股恶臭直奔中下游，途经重庆、武汉、上海，结果不堪设想。

眼看着长江化身“灾江”，究竟是谁在作怪?

老鹰坵排污口，因为靠近泸州老窖厂，这座从清朝时就闻名遐迩的酒厂，被城门失火所殃及，成了罪魁祸首。

酿酒产生的废水，莫不是直接被排进了长江?

很快，泸州市政府迅速进行了彻查、整改。

原来，老鹰坧所在的罗汉街道石𣗳社区及周边的化工苑社区，是城乡接合部，且大部分为老旧城区，居住人口约2万人。由于历史原因，截污管网体系不完善，未进行彻底雨污分流改造。未分流的雨污水通过明渠汇入老鹰坧收集池，再经提升泵进入截污干管，输送至城东污水处理厂处理。为避免水量过大造成爆管等安全事故，在老鹰坧收集池设置了溢流口，导致在汛期雨量较大或因收集池栅栏杂物清掏不彻底的情况下，有污水溢流长江现象。

泸州老窖厂洗脱了嫌疑，但是问题还要处理。

2018年11月，泸州市政府，实施罗汉、高坝片区雨污分流改造项目。在溢流口处新建容积约500立方米的雨污应急收集池，新增应急提升泵，共安装管网42.2千米，实现污水全部纳管处理，清污分流。安装视频监控系统，落实专人管理，经过彻底改造，这一片区的污水全部纳管处理，再未发生污水溢流长江的现象。其中，一期工程建成后，将下穿泸州老窖罗汉酿酒基地的3号、4号、5号雨污混排口进行封堵，并停用老鹰坧雨污收集池。

长效治本，清水长流。

2019年9月，打造城市滨水公园，占地16万平方米的老鹰坵湿地公园项目启动。雨污分流改造后，雨水排水沟被打造成了一条生态溪沟，清澈的水流顺着溪沟从排水口排出，近在咫尺的长江奔流着，日夜不息。

在湿地公园漫步，江与树的味道交杂，潮湿又清新。蜿蜒而伴的长江宛如保护神，凝望着众生。

近年来，越来越多的湿地公园改善着城市生态。丰富的植物群落，能改善城市生态环境，调节区域小气候，调控城市环境污染，净化空气，是生态系统的重要组成部分。湿地可作为直接利用的水源或补充地下水，又能有效控制洪水和防止土壤沙化，具有涵养水源、保持水土的功能；湿地在蓄水、调节河川径流、补给地下水和维持区域水平衡等方面发挥着重要作用，是蓄水防洪的天然“海绵”。人们常利用湿地植物来净化污染物中的病毒，有效地清除了污水中的“毒素”，达到净化水质的目的。

湿地，当之无愧地被冠以“地球之肾”。湿地复杂多样的植物群落，对保护生物多样性维护区域生态平衡有重要意义。

逢着晴天，朝霞洒满老鹰坵湿地公园里，晨跑的市民，脸上挂着满足。鸢尾花黄灿灿地飘摇，它们像水的信使，让人慢下脚步，又快了脚步。若是云雾天，江面上起了一层薄薄的轻雾，会有更多的人慢下脚步，他们在白天看到了美梦。

四

江河海是野性的水，湖泊水库是驯养的水。

离开泸州，往东北方向行驶 180 余千米，便进入重庆北碚地界。北碚最有名的地标是缙云山。这是七千万年前“燕山运动”造就的“背斜”山岭，古名巴山。后有好事者封其名为“小峨眉”。山林中总有变化，四季生物，生长有序，都是能看得见的生命过程。

驶向缙云山景区大门的半路上，途经绍龙观，豁然见一汪碧池。那就是黛湖。

黛湖是重庆市最早的一座重力坝水库，20 世纪 30 年代截流而成。1930 年，江津白屋诗人吴芳吉便取名为“黛湖”，1935 年，书法家欧阳渐书又题“黛湖”。1934 年，北泉公园经理邓少琴等组织北泉黛湖水利协会，向四川省水利委员会贷款法币 120 万元，修筑堤坝蓄水，并立有“黛湖”石碑。1955 年，重新修筑黛湖堤坝。现黛湖蓄水面积近 30 亩，湖中有鼓藻类植物 20 属 140 余种，是淡水藻类植物的重要保护基地。黛湖不仅是一个优美的自然风景地，更是我国的一个重要的藻类基因宝库，集中了我国 80% 的藻类。其中著名的有“桃花水母”。

有水的山头，总是让人神往。不管那是湖水、瀑布，还是溪流，它们肆意灵动的身影，窄窄浅浅，让森林多了些婉转和回旋。

《林泉高致》中，亦有“山无云则不秀，无水则不媚”“山得水而活，水得山而媚”。这个意思被画家郭思反反复复地说，读者不觉得啰唆，倒能意会其中的真实真知。

寂静的山林中，会听到树叶、虫鸟在和自己对话，站下脚步，对它们也说了好多话。这样的话是没有声音的，也没有具体文字。它反而像水流一样，源源不断，最后又流到自己的心田。

很多人习惯在这里拍拍照，或是临水而望。也有人曾偷偷在这里钓鱼。去往缙云山的人，并不会在黛湖这里耽误太长时间。

但是这一潭碧绿的湖水，却有很多秘密，有时候看不透，就席地而坐，拿起速写本、彩铅，和孩子一同画下树林和湖水，在日渐变化的光影中，理解某种奥秘。一个多小时就会在画笔和天气云彩以及倒影中流逝，心里觉得有什么变化，但具体说不出来，这个拥有人文神韵的湖泊，更是一种标志或精神。

到了2018年，生态文明命运迎来了拐点。

“加大力度推进生态文明建设、解决生态环境问题，坚决打好污染防治攻坚战，推动我国生态文明建设迈上新台阶。”2018年，习近平总书记在全国生态环境保护大会上的重要讲话，在各地引起热烈反响。

新华社的一纸内参，披露缙云山乱搭乱建、生态文明欠佳的报道，使寂静的山林中，会听到树叶、虫鸟在和自己对话，站下脚步，对它们也说了好多话。这样的话是没有声音的，也没有具体文字。它反而像水流一样，源源不断，最后又流到自己的心田。

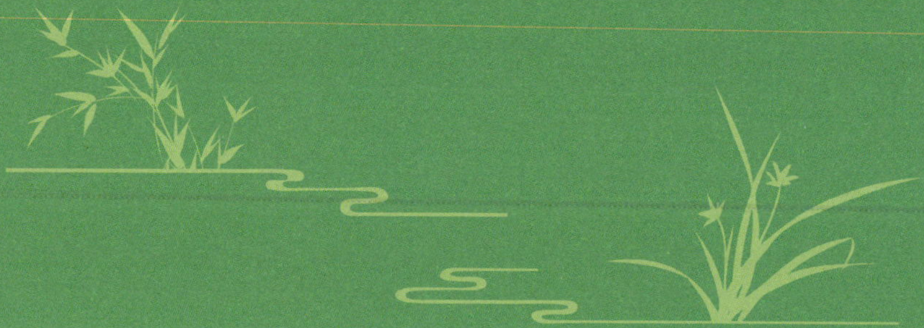

黛湖换了车道。

作为国家自然保护区的缙云山，及时整改，划分出了核心区、缓冲区、实验区，该退的退，该让的让，在这些区域里，人和建筑必须退场，把空间还给自然生态。

黛湖周边原有云登酒店、金湖湾度假村、黛湖人家、大罕宫等 4 家农家乐，占地面积 22350 平方米、房屋面积 16217 平方米、床位近 300 个，但黛湖属重庆缙云山国家级自然保护区“实验区”范围，原有的农家乐于 2019 年 5 月全部拆除。

黛湖区域生态修复工程总面积约 6.5 万平方米，其中陆地生态修复面积 4.2 万平方米，水域面积及其他 2.3 万平方米；主要包括黛湖库型修复、湿地治理、水生植物及乔木栽植、滨水栈道及人行步道建设等内容。

在修复过程中，结合缙云山地理环境、气候、植物生长规律，依托缙云山生态和景观价值，加强林相、色相、季相设计；整合黛湖沿线水系、山林与动植物资源，通过恢复湿地水文，优化岸线，完善水体净化功能系统，增加湿地植被覆盖面积，恢复生物多样性，尤其是恢复了高等维管植物和鸟类的家园，缙云山生态修复的样本，日渐落成。

夏季的风还是热烘烘的，黛湖中的锦鲤并未受到任何影响，就算人蹑手蹑脚地靠近某处，它们也会神不知鬼不觉地游向那里。

红叶李、红枫、紫薇布满塑胶人行道。枫杨、香樟、乌桕，混合着一种奇异的书香，在热风中，有一种隐藏的秘密。抬起头来，让人想要追寻。

而停下来观鱼的人，闲聊的人，也被这种香味弄得有些迷茫。在断断续续的时间里，只觉得心情很好。绿色的肾蕨随风摇荡、这种古老的蕨类植物让人想起鱼骨头，想起海洋——那个久远年代里的生命。

海洋，是一切生命之始的物质。

这种陆地上的植物是不是对水，有着某种记忆或复刻？

绿地上，除了肾蕨，还有问荆、菖蒲、蒲苇等，在湿地边呼吸阳光，缙云甜茶、缙云槭、木槿、蜡梅，依次而列，等待着属于它们的季节。

黛湖并不大，按照正常速度，最多四十分钟就可以走完，但若要在这里沉思、观察桃花水母，也许会耗去几个小时。黛湖藻类植物日渐恢复当初的丰盛，“水生鼓藻植物宝库”之称，让肉眼难以尽数。不过，这里始终有人在流动，他们比黛湖的湖水流动得更快。逢着清晨5点，这里的人最少，在一年之中白天最长的季候来到这里，或许会能有属于个人的沉思。

蝉鸣在撕裂，即使在夜晚11点，它们也丝毫不松懈，它们有一种让黑夜充满了音乐的欲望。蟋蟀的声音被渐次压迫，鹌鹑的口哨，偶尔会听到，这里的夜晚正是昆虫们最活跃的地带，所有的昆虫和鸟，起初就是或者终将成为歌手。

人已经困乏了，想躲到房间里，在没有蚊虫叮咬的房间里，隔着纱窗，好好地观望下月色，彩云追月，就是夏季里最常见、最迷人的景色。

“伤心欲绝时，我们就返归某处河岸。”波兰诗人米沃什如此写道——深情，天真，神秘。水，让人安宁，给人类以抚慰。水，不仅是活命之物，也是日常世界之外的世界，它是意识与潜意识，是镜像与观照。

陪一条河流散步

李姗姗

儿童文学作家，中国作家协会会员，重庆市作家协会儿童文学创委会主任。出版《面包男孩》《器成千年》等 60 余种图书。作品曾获年度“中国好书”、中国出版政府奖提名奖、中华优秀出版物奖、冰心儿童图书奖等奖项，被翻译成英文、韩文、阿拉伯文等多种语言出版。

一个冬日的午后，我走在跳磴河边。

我陪着一条河流散步，或者说，一条河流陪着我。

在周末，特别是出太阳的时候，重庆就像过节一样热闹。跳磴河边的人也多了，大家在岸边走着，比河水流动的速度更快。而现在，河边只有我一个人，静得能听得到自己的心跳。我与河互相陪伴着，我拥有一条河的全部，而不是部分。

跳磴河流经主城的三个区，最长的一段在我们九龙坡区。当蓝天与云朵倒映在清澈的河水里，仿佛漫步在天空之境。再看看周围，芦苇丛在风中飘摇，苇花像它们刚刚换上的松软毛衣；

紫花满天星在旧矿车里盛开，那星星点点的紫色为冬天增添了一丝可爱；青石栏杆边，镶嵌着密密的芒草，每一根都被阳光染得金黄，有着温柔的模样。

住在城里的人，就算出门散步，也很难完全放松。老人牵挂子女，子女担心孩子，孩子惦记作业。只有那些小小孩儿，无忧无虑地跑跑跳跳，就和我小时候一样。

记得我小时候，爷爷吃了饭总会不消化，喜欢出去走一走。出门前，他问我："要不要跟爷爷去散步？"我对散步没兴趣，立马说："不要！"爷爷对我说了句悄悄话，我就屁颠屁颠跟着他去了。我们沿着土公路往镇上走，十多分钟就到了小卖部门口。按照约定，爷爷给了我一角钱。我迫不及待拿去买了糖，把糖含在嘴里，仿佛脚下的路也变得甜了。陪爷爷散步有糖吃，这成了我和爷爷之间的小秘密。直到有一天，我突然懂事了，不再要爷爷买糖了。可爷爷却病了，不能再出去走了。

长大以后，我也喜欢散步了，但步子里没有了童年时的甜味。虽然爷爷已经离开很久了，但是，他教会我散步的节奏永远不会忘：慢慢地走，走稳每一步。

陪着一条河流散步，一步步走着，便领悟到了人生的真谛。

在跳磴河边，我最爱去的是草海湾公园。

把草海湾的蒲草小路走个遍，是需要大半天的，像只麻雀似的从蒲草丛钻出来，抖一抖身上的芦苇花絮，疲惫和烦恼仿佛都落了一地。

我又走到河边，河水仿佛在等我，与我并肩而行。我们走得那样默契，互不打扰，只用声音和气味交流。

曾经有段时间，这条河的气味是难闻的，河水发黑发臭，路人不得不捂鼻而过。这是河流的语言，它在向人们倾诉自己的遭遇：河道变得越来越窄，工厂建得越来越多，污水让它越来越难受，它就要走投无路。2017 年，该河道因水污染问题成为住建部、环保部重点挂牌督办项目。

当河水混浊的时候，大家开始觉醒了。

当年秋天，保护和拯救跳磴河的工作紧锣密鼓地展开了。有人为河流让路，有人在施工建设，有人在种花种草，有人在默默祈祷……很多人为它牵肠挂肚。

一条河流就是一位亲人，我们需要它，它更需要我们。在人类面前，28 千米的河流是个庞然大物，也像孩子一般脆弱，需要爱与呵护。

两百多天后，那条清澈明亮的跳磴河又回来了！

是啊，河流有了路，人才会有路可走。

城里有不少公园，可它们太像公园了。把一盆盆杜鹃故意堆出一个造型，花朵便失去了灵性。把冬青树故意修成个圆球，枝叶便被剪掉了自由。甚至连绿化带里的石楠也长得千篇一律，就像某个人的平铺直叙。草海湾就不一样，它是跳磴河岸的十个滨河公园之一，放眼望去，整个公园就是一个长满了蒲草的起伏的山坡。草是很高的，比成年男子还高出一个头。这是过去在野外才能看见的景象，成片的蒲草绵延向远方，就像大自然写在阳光下的诗篇。在这里，没有假山，没有盆景，没有喷泉，没有精心雕琢和打造的一切，有的只是草。乍一看，每一株草都是配角，仔细一看，每一株草又都是主角。不管是一株草的冷冷清清，还是两株草的相依为命；不管是一片草地的窃窃私语，还是数亩草海的浩浩荡荡……每一处景致都是活灵活现的生命篇章。那条引人注目的河流也洒脱了不少，仿佛变成了一条野外的山间小溪。看着这些草，我心里一动！是啊，一个人可以不必抛头露面，可以不必声名显赫，可以安静地像一株草那样，默默地。时代的发展离不开个人的丰功伟绩，更离不开一群人的灿烂辉煌。

草海湾的芦苇丛中，有很多小路。公园设计师大概是为了让每个人都能与自然亲密接触，才把路修得这样窄，仅容一人通过，只与蒲叶们摩肩擦踵。初冬来临，蒲草的叶片却依然是墨绿色的，还声势浩大地形成密密的一片森林，连风也吹不进来。这些叶片千姿百态，或如做早操的孩子一般侧平举，或呈圆弧形自然垂下，或打了个慵懒的卷儿，或三五根亲密地纠缠在一起。蒲苇的穗儿则高傲地扬起脑袋，如一面面羽毛旗帜迎风招展。深呼吸，用大自然的草木芬芳过滤身体，与自然交换能量。闭上眼，时间仿佛在这一刻凝固。

这是过去在野外才能看见的景象，成片的蒲草绵延向远方，就像是大自然写在阳光下的诗篇。在这里，没有假山，没有盆景，没有喷泉，没有精心雕琢和打造的一切，有的只是草。

听老人们说，跳磴河上以前没有桥，过河的人们踩着一块块石头跳过去，便有了“跳磴河”这个很接地气的名字。现在，河上有了桥，人能走，车也能开。家住九龙坡的人，每天都要来跳磴河边散心。河边有步道，可以悠闲地散步；河边也有24小时自助图书馆，可以潜心阅读；河边还有花鸟虫鱼和大自然的风，以及一条河流的忠实陪伴。

在河边默默走了一下午，感觉身体变软了，变暖了。面对河流，发现水中自己的影子竟变得更加晶莹剔透了。

到这里散步，既锻炼身体，也洗一洗灵魂。

原载《光明日报》2021年1月10日

天地之间清漂人

文猛

原名文贤猛，中国作家协会会员、重庆市作家协会主席团委员、重庆市万州区作家协会主席。在《人民日报》《散文》等报刊发表散文小说600多万字。出版有《山梁上的琴声》《远方》《三峡报告》等多部著作。

没有到过三峡，不去伫目长江，不去关注那汪碧水，长江清漂人并不被更多人知道——

我不在长江边长大，我出生在一条叫浦里河的长江支流。1983年夏天，跟着浦里河，河走向远方，我也走向远方，翻山越岭，来到长江边，来到长江边这座叫万州的城市。

走下码头，江水很低，城市很高，那座叫西山钟楼的万州地标，必须尽力仰视。江上船很多，没有我曾经想象中那么大的船，装满桐油、猪鬃、煤炭和整齐地装满榨菜的瓦坛。大江上飘荡着柴油味、桐油味、煤炭味和榨菜味。正是长江的洪水季节，水上漂满了木棒、秸秆、稻草、水葫芦，还有一些上游洪水冲下来的死猪、死牛、死羊，汽笛声声，闷闷的，江水一般混浊。

走上街道，扑面而来的是柏油路的柏油味，软软的路面，一脚踩下去，一个窝窝，鞋上立刻便镶上一圈黑边……

街上有很多扫大街的人，这是我在乡村无法想到的景象。街道还算干净，街道之下的江水浑黄，漂满垃圾。

城市有扫江的人吗？那也应该是城市的街道。

历史的长河，这是我们最走心的表达。在古老的长江边，关于历史，关于长河，我们无法全景式地记录；对于这条江的历史，我们只能片段式地记录——

1997 年 11 月 6 日，这是一个大日子，长江三峡工程大江截流，长江，从一条江到一汪湖，水涨船高，水涨村高，水涨城高，江湖之变。

2003 年 7 月 24 日，这是一个普通渔民的普通小日子，雨后初晴，青山如黛，“川江渔王”刘传云带着儿子刘古军，扛着渔网走向自家渔船。船到江中，一座座由断枝残叶、玉米秸秆、垃圾泡沫和水面上漂浮的动物尸体堆积而成的垃圾山浮在江面之上，好不容易找到一片水面，撒网下去，拉上渔网，一网垃圾。再次撒网，依然是一网垃圾。

渔王刘传云的心在滴血：这还是我们的长江吗？

刘传云“川江渔王”的称号不是自封的，祖祖辈辈川江之上跑船打鱼，练就一身跑船打鱼好身手，就是大家喊的桡胡子。

1957 年夏天，刘传云在长江上打到一条 160 公斤的大鱼，一时轰动川江。1981 年四川省总工会授予刘传云“川江渔王”的称号，显然这个称号绝不仅仅是因为一条大鱼。然而今天的川江，除了网到的垃圾，一无所获。

“众水会涪万，瞿塘争一门。”是诗人对万州的诗语，在诗之外，众水汇来的也有脏水和垃圾，一江春水向东流，流的不全是春水。

是长江对不起他的子孙，还是子孙对不起他们的长江？

望着大江，望着渔船，望着渔网。刘传云对自己两个儿子和徒弟们说，我们来给长江清漂！大家为老人的决定惊呆啦——这么长的江，这么多的垃圾，就我们这几个人这几条小船能够有多大的力量。不再走船，不再打鱼，我们这些长江的子孙不会吃垃圾长大吧！看准的航路，渔王从不会退步。渔王相信一点，一网一网地捞，一片一片地清，总有江清的时候，清江上打鱼，清江上行船，那才是我们的长江！

刘传云把自家的鑫洋船作为生活船和指挥船、垃圾中转船，自己的徒子徒孙们驾上自家的 14 艘小渔船，划上江面，网兜捞，铁钩拉，上午 40 多吨，下午 40 多吨，所有船的油钱，所有清漂工的生活，都由刘传云和儿子们自己掏钱来支付，大家都没有说工钱，谁也不好意思开口说工钱。

2003 年 7 月 24 日，这是一个大日子！三峡应该记住这个日子，长江应该记住这个日子，中国应该记住这个日子，一个由刘传云老人和他的儿子们、徒子徒孙们组织的长江清漂队成立啦，刘传云说自己老了，在江上的航路不长了，儿子年轻，清漂队队长的重任交给了儿子刘古军，这应该是中国第一个江上清漂队，至少是长江上第一支民间清漂队。

粗心的儿子只想到岁月的沉重，没有去想父亲的心事，当父亲倒在清漂船上，送到医院，医院给出肺癌的诊断和人生两个月的倒计时。刘传云坚决让儿子送他回到清漂船上，他知道自己的病，他知道家中的钱都在清漂船上都在银行的催账单上。刘古军说什么也不同意，准备卖掉家中房子给父亲治病。父亲说你要让我早死就把我留在医院。

刘传云回到长江上，回到清漂船，2005 年 1 月 24 日，在清漂船上走完人生的川江，比医生给出的人生倒计时多出了整整两年……

那天，江水格外干净。

我不敢描述万州以下的江面，在万州的江面之上，垃圾山消失了，垃圾带上船了，不尽长江滚滚来的不再是无边的落木和杂草。江清啦，刘古军一家多年行船打鱼积累的积蓄也清啦，还欠上亲戚朋友和银行 70 多万元。当银行再不敢给这个民间清漂队借贷更多钱的时候，船上无油，锅里无米，清漂船如同江上漂来的落叶，不知漂向何处，不知枕梦何方？

《愚公移山》故事的结尾，是愚公和子孙们移山的举动感动天神，天神出力帮助搬走了大山——那只是寓言。江水不竭，漂浮物不竭，刘古军和他的清漂队出现在各大报刊的头条位置，出现在各级政府部门的案头，牵动了全国人民的心，牵动了国家领导人的心——三峡工程、国家工程、三峡清漂、国家行动。

有了文件，有了钱，刘古军和他的清漂队从渔民变为国家环卫工人，从打鱼人成为水上环卫人，从“水上游击队”变为“平湖八路军”，政府每年都要购置好几艘半自动化、全自动化清漂船，清漂队当年那些家当都光荣下岗啦。媒体把“三峡清漂王”的称号给了刘古军，国家把“母亲河奖”“全国清漂先进个人”的荣誉也给了刘古军，三峡清漂一下成为长江流域关注的又一个国家工程！

万州有了长江清漂队，云阳、奉节、巫山、秭归……库区所有区县相继成立清漂队。这不是一个国家对一群人的关注，对一条江的关注，这是一个国家对绿水的关注，对青山的关注，对人民的关注——这是盛世中国的国家关注。

说实话，守望着长江，看到波光清清、江鸥翻飞的湖面，我清楚地知道，这一切是因为有这么一群三峡清漂人，他们在水中，我在岸上。19年中，万州清漂队打捞垃圾100万吨，这只是其中一个清漂队的数字，要是汇集长江所有清漂队的数字，那应该是一个多么惊人的大数。他们的故事大多来自报纸和电视，来自生活中那一段段关于江、关于湖、关于峡的闲谈话题中。我渴望走近他们，一直思考着该为这群人说些什么写些什么——

拨通清漂队刘古军的电话。

刘古军回话："那你得起早床，平时我们早上6点出船，现在是长江蓄水时期，我们5点出船。"

"你们在哪里？"

"早上我们在清漂码头转运垃圾。白天，我们在江上。"

清漂码头？万州是长江上著名的大港，码头众多，我记忆储存中没有一方叫清漂码头的定位。问朋友，大家说不知道。我们伫目清清的江，吹拂清清的风，却总是忘记江上这样一群为大江美容的人。

定位发过来，走向我们总在忽略总在漠视的清漂码头。清漂码头居然就在著名的万州长江二桥下面，无数次走过大桥，却从没有去关注桥下这群人这些船，我为我的追问脸红。

站在清漂码头上，仰望天空，星星点点，环绕城市的西山、南山、北山、太白岩、天生城上独具匠心的灯饰，依山而上的城市街灯，长江大桥、长江二桥、长江三桥、万州大桥、石宝大桥、驸马大桥上的桥灯，江面上的航标灯，一方方码头上停泊的船灯，倒映江中，湖映江城，城在湖中，唯一想起的是诗人郭沫若的诗句："远远的街灯明了，好像点着无数的明星。天上的明星现了，好像点着无数的街灯……"

朝九晚五风轻云淡的生活，我已经很多年没有去关注那一个个远去的清晨，感谢这群清漂人，是他们引领我等候一个清晨。天空之下，大江之边，一湖灯，一湖城，一湖风，一群人，我感受着重新涌起的蓬勃朝气，感受着黎明的喜悦。

我不敢问刘古军和他的清漂队他们心中的清晨。

进入9月，三峡水库开始每年一度的蓄水，上涨的江水再次淹没消落带，带来很多的漂浮物，这是他们最繁忙、最辛苦的时段。现在他们正忙着把船上的垃圾转运到车上，再由汽车送去新田垃圾发电厂。平时一般转运五六辆车，现在都在10辆车左右。

"你们每天都这样啊？"

"习惯啦！当年没有今天这么好的清漂设备，垃圾从船上运到车上全靠肩扛手装，手累、脚累、眼累、心累，如今一条条履带把垃圾转运车上，轻松多了，我们赶上好年代啦！"

"看着这一车车垃圾运走，你们是不是特别有成就感？"

天空之下，大江之边，一湖灯，一湖城，一湖风，一群人，我感受着重新涌起的蓬勃朝气，感受着黎明的喜悦。

“成就感？当有一天我们驾着清漂船巡游江面，垃圾舱是空的。当有一天我们驾着清漂船巡游江面，听着音乐，喝着咖啡，轻松地漫步我们的江面，轻松地仰望着我们的城市……那才是我们最大的成就感！”

回答我的是清漂队员刘波，6年前他在青岛上大学，看着异乡的大海、沙滩和海鸥，想着家乡的大江和平湖，不顾家人反对，毅然回到家乡，考进清漂队，成为江上第一个收垃圾的大学生。

刘波说，多年来的清漂生活，在咱们清漂队，上至队长，下至用网兜捞垃圾的渔民，我们大脑中都装有一部清漂日志：哪里是洄水沱，哪里有暗礁，哪里水深，哪里水浅，哪个季节吹什么风，哪个时候浪怎么流——随便拍一张两岸的风景，我们都能知道那是哪片江面，因为那些江面我们都去过。

太阳出来啦！初秋的阳光洒在阔爽的江面上，金灿灿的，我的心也如这金波一样，通体明亮。

穿上黄背心，走向特地给我安排的最大一艘清漂船江洁003号。刘古军告诉我，今天值班的有10艘船，大的船上2个人，小的船上1个人。

“不是说你们的清漂队伍有200人吗？”

“没错啊，这10艘船从我们清漂码头出发，我们清漂主江面，我们还租用近100艘小渔船，他们清漂岸边附近大船无法到达的地方。”

江洁 003 号清漂船助手刘松接着刘古军的话："你们作家不是很会想象吗？在咱们三峡，人们不再随意往长江扔垃圾，沿江几十家污水处理厂，垃圾用船清，江面餐馆的污水我们每天派船去收集，这么算下来，长江上的清漂人该是多少啊？"

船离开码头，一条条漂浮垃圾以一字形、S 形、U 形和我无法描绘的形状呈现在江面。那么大的船，在 51 岁的刘古军手下，就如一把灵巧的铁扫帚，船过之处，江面清爽，垃圾顺着履带乖乖进入垃圾舱。碰到一些粗的木棒、大的树兜，助手刘松用铁钩调整履带向上爬的方向，让它们顺从地进入垃圾舱。

一艘长长的滚装船从下游上来，鸣响汽笛，向刘古军和他的清漂船致意。

垃圾舱里垃圾越来越多，初秋的阳光并不都是秋高气爽，阳光照着一望无际的江面，江风丝毫吹不走阳光的炙热。垃圾舱中的味道逐渐升腾起来，那是闷闷的、腐烂的气味，扑入鼻中口中，心里堵得难受。

刘古军看出我的表情，说这个季节是最好的季节。要是夏天，一盆水泼在甲板上，眨眼间就蒸发掉了。一个鸡蛋放在甲板上，不一会儿就晒熟了啦！至于船上那个味，今天算好的日子，要是捞到漂浮的动物尸体，我保证你这个作家将永远不敢上船、永远不敢想船。

趁着这片水域清漂完毕，搜寻下一片水域的时候，我拿起手机给我们三个来个自拍，突然发现，本来就已经黑红的我，在他们中间居然也白面书生一回，他们的脸上黑中透着红，红中透着黑，我发现，“饱经风霜”一词在他们面前很是片面。我们描写高原人爱用高原红，对这群长江边的清漂人、老船工，我想到的是长江红。

今天却是满眼长江蓝！

秋雨初歇，蓝天白云在天上，碧水清波在江面，新中国 70 年华诞的欢欣在心底。江南江北依山而建的高楼大厦，环拥着湖水，运动场一般守望着这一汪碧水。这汪碧水也如城市大客厅，迎候着南来北往的客人。

白龙滩不算滩，提起桡子使劲扳，

千万不要打晃眼，努力闯过这一关。

扳倒起，使劲扳，要把龙角来扳弯，

一声号子我一身汗，一声号子我一身胆。

龙虎滩不算滩，我们力量大如天，

要将猛虎牙扳掉，要把龙角来扳弯……

川江号子从驾驶舱传出来，唱得我热血沸腾。刘古军说，每当他们完成一片水域的“漂情”，走向下一片水域，他们总会吼几段川江号子，一天不唱就心痒，就觉得浑身无劲。

我从他们的号子中听出的是欢乐，听不到惊天动地惊心动魄，风平了、浪静了、人少了，川江号子少了昔日的悲壮和苍凉，少了昔日翻江倒海的生命激荡，我听出的是一种心底的歌唱，是一种发自内心的欢乐和幸福。

船到苎溪河入江口，前几天刚下大雨，加上长江蓄水期的到来，这里出现了一大片垃圾。刘古军和刘松把我叫回到驾驶舱里，说今天有一场恶仗。

注目大片垃圾袋、稻草、玉米秸秆、树叶铺满江面，其中我依稀见到还有一些很大的树根和死猪的尸体……“这么大一片垃圾，光靠你一只船能够完成吗？不叫援兵？”

刘古军和刘松回答我说：“放在过去，这么重的任务，起码要上百人几十条小船来完成，今天你就看我们的吧，我们脚下这个铁扫帚厉害着哩！”一个紧握船舵盘，另一个操作铁扫帚，左冲右突，就像当年我教书擦黑板一样，不到两个小时，这片水域就水清如初，近 30 米长的垃圾舱也装满啦！

刘松抬手看表，已经中午 1 点 30 分。说我们赶不上回清漂码头吃中饭啦，我们得赶快吃碗方便面，然后赶回码头中转垃圾，清漂队指挥室刚来电话，下午还有好几片清漂水域。

刚才和大家一块儿忙，帮着拿铁钩拉树兜和死猪死羊尸体，辛苦和忙碌让我忘记了一切，现在说到吃饭，闻着垃圾舱飘出的腐臭味，想着那些被水浸泡得近乎皮球样的动物尸体，我再也无法努力克制，除了呕吐还是呕吐。

我生活在大山里，关于江、关于湖、关于水、关于船，我一直给他们设想了好多层次的幸福生活——比如支一柄钓鱼竿，让长江鱼循线而来；比如船行江面，鱼儿会顺着网兜顺着履带，羞涩地躲进那些秸秆树叶之中走上船；比如面对高峡平湖，甜甜地唱着："洪湖水呀，浪呀嘛浪打浪哟……"

把这些幸福传递给清漂人，他们哈哈大笑，你们作家真会想。

船靠近清漂码头，我看见码头不远处停泊着好几艘船，其中一艘是"鑫洋号"，刘古军说："这些就是当年他们清漂队的主力船，如今先我光荣下岗啦！"

看着那些残破得有些心痛的小船，回想起他们走过的清漂岁月，回想起这些船、这群人掀起的长江清漂国家行动，我觉得这些船应该走进不远处的三峡移民纪念馆，三峡的昨天、三峡的今天、三峡的明天，都不应该忘记这些船，这些人！

中转完垃圾，刘古军征求我的意见，问我是继续上他们的船，还是在码头休息。我刚好看到有几艘小渔船回到清漂码头中转垃圾，我提出到小渔船上去，我应该走进这些不是国家队的“国家队”。其实内心深处我怕回到江洁003，一看见那艘船，就想到那些味，就牵肠挂肚地想呕吐。

刘古军和刘松启动马达，奔向下一片清漂水域，我突然想起我还有一个重要的问题，一辈子川江行船，离开了这条江，他们将会干什么？

船走远了，一路浪花……

走上渔民熊人见的小渔船，走进船舱，一床、一桌、一灶、一桶、一罐，整洁有序。

我看桌上的饭菜，床上的被子，舱壁的空调，显然这不仅仅是夫妻二人午休的场所，难道他们生活在船上？

询问挟裹着浓烈的好奇表达出来，熊人见的妻子秦渔明笑了起来，渔民不住在船上，那还叫渔民？我们上百艘小渔船都是“夫妻船”，哪家不是住在船上？她说他们在岸上有房子，房子在黄柏街上，一年住在街上的时间加起来总的不到30天。

床、桌、灶、桶，对于一个水上的家，我明白他们的要义，对那个床脚的罐，我确实想不出它的实用主义。

秦渔明笑了：“你过去闻闻。”

“酒？！”

“驾船能喝酒？！”

秦渔明开心地大笑起来：“离开了酒，还叫川江桡胡子？！”

“桡胡子？”

秦渔明告诉我，桡胡子是川江船工的统称，古时川江人挖空树干做成独木舟，后来变成大大小小的柏木帆船，靠划“桡”来行船。胡子是川江对男人的别称，划船的男人当然就是桡胡子。也有叫船拐子、船板凳儿、船拉二、扯船子。其实桡胡子里也有很多不同的分工，根据工作岗位，在桡胡子里就有很多分得很清楚的工作岗位的称呼：前驾长（撑头）、后驾长、二篙（闲缺、二补篙）、撑竿、提拖（爬梁架）、三桡（抬挽、结尾）、烧火（杂工）、号子、头纤（水划子）、桡工（纤工）、杠子（岩板）等。

我没有见过秦渔明讲述中的桡胡子，关于桡胡子的记忆大多来自一些影视作品和作家的作品记录，特别是当年那首风靡全国的歌《纤夫的爱》，感觉他们是这样一个群像：不管寒冬酷暑，身子匍匐着背负长长的纤藤，在“嘿哟、嘿哟”的号子声中艰难前行。桡胡子一会儿上岸，一会儿在船上，时常涉水，衣服打湿后，做活和行走都不便，而且冬天裹着湿衣更冷，也容易生病，他们只好常常赤裸着身子。

“船板凳儿不穿裤，当门搭块遮羞布。”这句民谣就是说他们的。

讲完这一切，秦渔明指着船尾驾船的丈夫，指着要我看他腰间，原来腰间不知什么时候多出一个酒葫芦。

“我说刚才在码头没有看见酒葫芦啊？”

“刚才不是刘队长在那里吗？”

我听老川江人讲过，酒是桡胡子的命，每个桡胡子的家里、船上都放着一个泡着药酒的大瓦罐，从来没干过。桡胡子什么都可以不要，唯独这个瓦罐不能不要。川江上有两句很悲壮的话：桡胡子是死了还没有埋的人，挖煤的是埋了还没有死的人。桡胡子回到家中，老婆（川江上叫佑客）总会想方设法弄几个下酒菜，几杯酒下肚，红堂堂的脸上泛起水一般的光泽，疲劳和寒气也全跑了，那个关于埋关于死的沉重，变成如雷的鼾声……

当桡胡子随着船随着江永远走了，佑客抱起那只大瓦罐，扔进长江，默默地养大儿女。儿子大了，送到江上当桡胡子；女儿大了，嫁给桡胡子……

船到万达广场，这是夫妻二人下午的清漂水域。秦渔明告诉我，机械化船效率高，我们的小渔船灵活，江心水面归大船，码头船只旁、岸边浅水处、小河道水面，就是我们小渔船的天下。

我想起了清漂队休息室墙面上有一幅字：江清岸洁。我突然明白了江是怎么清的，岸是怎么洁的。但是有一点是桡胡子们没有想到的，过去他们撒网江水之下，今天他们手握网兜，关注江面之上。

我要求走出船舱，秦渔明抓起船舱上的安全绳系在我身上，自己走进船舱找了一根尼龙绳把自己捆上，拿起网兜开始舀岸边的垃圾。

上午好几艘清漂船扫过江面，下午江面的漂浮物明显减少，妻子秦渔明没忙一会儿，一大片水域上零零星星的垃圾都舀完了。妻子叫丈夫靠岸，说岸边公路下方有些垃圾，要上岸去捡回船上。

熊人见关了马达，握紧酒葫芦，美美地来上几口。

我问熊人见："你们清漂一天收入多少？"

"稍微大一点儿的渔船 120 元，小一点儿的 100 元。"

"这么少，怎么养家糊口？"

"2020 年后长江要禁渔 10 年之久，你们怎么办？"

"船到桥头自然直。"

"我们这些桡胡子的后人现在不是已经改行了嘛！"

熊人见又抿了几口酒，我看出的不是红光满面，而是显然的茫然。

"你们不能换一个更挣钱的工作？"

"我们夫妻二人读书不多，祖祖辈辈在江边，除了打鱼清漂，我们还能干些什么？再说，这份工作总得有人干。"熊人见说，在长江上打捞漂浮物，今天叫清漂，当年叫"捞浮财"，捞到的枯枝败叶当柴烧，捞到木棒什么的建房屋。当年"捞浮财"是为自己，今天清漂是为长江、为城市、为国家。

热爱长江，热爱工作，那是我们这些文人片面的抒情和浅薄的描述，这世上，没有一份十全十美的工作。这世上，也从来没有一份工作是用来享受和永远风平浪静一帆风顺的。这世上，所有的工作都经不起推敲，都够不上诗意，都藏着委屈，只有内心的祥和满足，只有心中不漂满垃圾和尘埃，就像清漂人踏波而过的江面，才有人生的江清岸洁。

看见秦渔明在岸上忙着捡拾垃圾，滨江路边漫步的人们走下滨江路，纷纷帮着她清扫岸边的垃圾，帮着抬着垃圾筐走上小船。

江水上涨，湖与路平，船比路高，那著名的西山钟楼就在手边。

熊人见启动马达，赶回清漂码头中转垃圾。船行江中，大江两岸街灯亮起，城映湖中，湖照江城，一湖水，一湖灯。

熊人见取下酒葫芦，仰头又是几口，然后会心地交给妻子——

喜洋洋闹洋洋，江城有个孙二娘，

膝下无儿单有女，端端是个好姑娘，

少爷公子他不爱，心中只有拉船郎……

听着桡胡子丈夫的川江号子，秦渔明打开船舱里所有的灯光，小小的船舱通体明亮，就像她满脸美滋滋的笑容。对于依山而上的灯光，这方船，这方舱，绝对是城市最低处的灯光，但是它温暖、明亮、幸福。生活就是一条上下波动的五线谱，有些高，有些低，这是自然的旋律，这是生活的交响。

妻子秦渔明从船舱中取了一件衣服，走向船尾，披在丈夫身上："少喝点儿酒！"

我突然发现，我们这些所谓的文人，总用文人的潜意识为生活中的人们赋予一些象征的意味，其实这种赋予是没有意义的。街道需要人清扫，车好走，人好走。大江需要人清扫，船好走，水好走。这才是现实的真切，这才是生活的现场。

无论风从哪个方向吹，

浪总会朝我扑来……

诗人哨兵的诗句说得很实在，不仅仅关于风，关于江，关于浪——

从背包中取出酒来，倒进碗中，敬给这些川江上桡胡子的后人们，我们在一条古老的江上。无边落木萧萧下，不尽长江滚滚来，古人早就说透一切。

江清岸洁，人清气爽，大江奔流。

录上他们的川江号子，发在朋友圈上，愿川江号子的力量荡去我们心中所有的伤痛所有的阴霾——

没有闯不过去的滩……

想起一个问题，打断秦渔明的笑容，“你为什么看上这么个桡胡子？”

秦渔明笑了：“我爹也是桡胡子！”

——码头近啦！

在山我是山的部分，观水我是水的倒影

宋尾

诗人，小说家。1973 年生于湖北天门，现居重庆。著有诗集《给过去的信》、小说集《到世界里去》，曾获第三届巴蜀青年文学奖、第七届重庆文学奖等。

重庆最好的季节必是三月。毫无争议。与许多城市并不一样，重庆一年四季都是满目葱茏，无论哪一个时段皆具形态之美。但只有生活在这儿的人最清楚，整年之中，春天才是最纷繁、舒爽和惬意的时光。毕竟，重庆的春天实在是太短暂了。往往，当你还没享受个够，不待反应过来，它便会倏地消失，很快，艳阳会全面接管这座城市。所以，不浪费每个春天是重庆市民的重要事项：登高、踏春、郊游、露营，以及携家带口、好友成群，浩浩荡荡往农家乐扎堆。不过，我们只知自己要到野外去，却并不真正明白，或者说很少思考，为什么我们总喜欢跑到野外，跟没有知觉的山石待在一起，驻扎在没有语言的树林之间，甚至不确切那儿到底有什么我们需要的东西。我们向乡野索要什么？我也不知道。

不过这个仲春于我是相当丰实的，自市区到南川，经彭水赴黔江，访石、看云、观水，扎扎实实虚度了好些天的光阴。我似乎获得一些领悟，但又不甚明晰。直到返程途中，极其偶然地，我在某本书里翻到了列维·斯特劳斯的一句话。他说："这个世界开始的时候，人类并不存在。"

简简单单一句话，却道明了一种事物的本质。也给我提供了某种明确的答案。我们为什么喜欢走入山林田野，喜欢僻静中的溪流甚至流连溪流中细碎的倒影，仅仅只因为这是我们的本能。这就是事实：人类也是受孵化于自然之中的。在某种意义上，我们其实是自然的孩子，遗憾的是，我们似乎都忘记了这点。所幸，无论什么时刻，我们不会被自然遗忘。这次旅行，至少给了我一个反省和重新认知的机会。

石林、绿苔、藤蔓和它们的共生

南川山王坪，是第一站。山王坪海拔 1300 米左右，森林十万亩，是受摄影爱好者青睐的取景地。因为在四季更迭中它往往拥有多重"面容"，兼具多种"色彩"，就像一位擅使调色盘的幻术大师。甚至同一时刻，它也有泾渭分明的恢宏色调，比如那片八千亩双色彩杉林，依次分布于蜿蜒绵长的公路两侧，一边是水杉，一边是柳杉，一黄一绿，如站姿笔直、相互守望的恋人，又如棋盘上的楚河汉界，造就一种惊心动魄的奇异美感。而当进入腊月，山王坪会化为纯白，大片大片的雾凇与厚厚的积雪，五彩斑斓的林海仙境一夜“换装”，幻为凛冽极致的冰雪世界。

不过，对我来说，山王坪最具诱惑和心向往之的，还是那一片古老、沉默、造型各异的原始石林——我曾两次前来造访，可惜都无缘得见，留下遗憾和怅然。这次，当终于进入石林，站在那些灰黑色的岩石当中，无端端就感到心伤，心绪复杂。因为，第一次带我前来的那位好友已在三年前意外过世了。好在，石头是永恒的。那些裸露和凸起就是对俗世空缺的一种填补。

抵达时还是阴天，进入石林忽然飘起小雨。山上就是这样的，人生也是。可以预测，无法预料。不过这些薄雾般的雨丝来得恰到好处，给陡峻、冷硬的石林无形披上了一层柔软的细纱。实话说，石林我并不陌生。发育于灰岩，被水溶蚀，一些不易溶解的部分逐渐分离出柱状、锥状、塔状岩体，这些岩体组合构成了一道奇特、神秘、美丽的景观，这就是石林。纯粹是一种偶然的奇迹，结合了地质、气候、水文等许多因素，巧合而来。

但山王坪这样的石林还真是见所未见。奇特不在于那些栩栩如生的造型，而在于它呈现的那种令人震撼的“共生”关系。这可能是其他石林所没有的。那些石头，古老，凛然，突兀，但并不孤独，因为在它们周围，往往树木密布，而更奇特的是，在它们身上，覆满绿苔，并且，周身被一些黑色藤蔓紧紧缠绕——那些藤蔓看来也是很有些年头了。这种共生，构成了一种天然盆景式的美感，从而让这些没有语言也没有生命的石头具有了一种强烈的生命感。似乎也有一种密码式的内在语言，只是不为我们所知罢了。在纷纷雨丝中，我试着探手触摸岩石，它们表面是湿润的，但内在却就像着了火那样，干燥。雨水顺着绿苔流淌，那些经年灰尘犹如一层农夫的皮肤透着喑哑反光，而那些嶙峋的、紧抱着石头的古藤，就像是一种祖母的姿态和形象。这三者之间，所构成的那种张力，就像一首经典的诗。在这些富于忍耐又始终缄默的石头面前，我们很轻易地照见了自己的脆弱和微渺。

古茶树、红豆沙和云海

这种细弱但绵长的“生命感”，之后我在德隆镇茶树村也感受到了。

茶树村海拔 1350 米，处于金佛山、柏枝山两山峡谷之间，因云雾时常萦绕，生长着近二万株茶树。大多在村民房前屋后，漫山遍野，郁郁葱葱。而吸引我来此的原因是其中最特别的一株：已有 2700 余年树龄的野生大茶树，被称为“茶树鼻祖”。

我从来没见过这么古老的茶树。想象中，千年茶树，必然是遮天蔽日，华盖如冠，然而当地人领着我走到一处不显眼的乡间小屋前，指着一棵不显眼，也不高耸，甚至稍显佝偻和低矮的“小树”说，就是它。简直难以置信。我绕到跟前，发现这棵茶树中心已空，从根部分裂成两半，像是连体。据说，也不知多久前，这棵茶树曾被雷劈中，不偏不倚，自此形成此貌。这就是2700年的生命体？同行朋友开始换算，2700年前该是哪个朝代？它安静斜站着——这些大惊小怪的聒噪者，怕也见得太多了。虽然它这般年迈，枝叶仍算繁茂。就像一个老年人依旧站在他的中年时代，而它向深处蔓延的根须还隐隐牵着自己的少年——携带着生灵的全部记忆。真的很难想象，如此这般的朴素，毫无夸饰和惊人之处。比起树来，人实在是太脆弱了，也太矫揉。

红豆杉，是比茶树更古老的树种，在地球上已生存250万年之久。在古代常被用来象征爱情和思念，因“此物最相思”，足以说明人们对它的喜欢。它生长极慢，再生能力差，对土壤、光照等要求很高，难养。很长时间以来，世界范围内还没有形成大规模的红豆杉林。但在彭水芦塘乡星光村，我看到了漫山遍野的红豆杉，极目苍翠，蔚为壮观。这就是阿依林海。也是一个执拗者的梦乡。2013年底，一个喜欢周游世界的旅行者——叫张幸福的彭水人，驱车到马岩山露营，突然眺见眼前升腾起一片氤氲云海，美得惊心动魄，恍然发觉，寻寻觅觅的美景原来就在故乡。更惊喜的是，山顶还发现了一些茁壮的野生红豆杉。喜好文玩的他知道红豆杉的价值。于是，一个梦就此萌发，汇成他心里的云海。历时九年，三次补种，最终种植成功，现在他的红豆杉基地近三万亩，既有云海，也有林海，成了无数人的梦海。

值得一说的是，这也是我第一次这么近距离、无遮挡地观看云海。站在山顶看去，那些云雾就在脚下，在手边，在眼前。那种心情难以形容。每个人心里都藏着万丈沟壑，但并非不可逾越。只要你掌握了“轻”的艺术。就像云海，看似静谧却又缓缓溢动，形成各种姿态又汇聚为另一种形象，笼统而清晰，轻盈却韵厚。待转身离开前，整片云雾被风拨开一角，露出一小块空隙，从那儿我窥见，云雾下面是人家、阡陌、房舍和耕田，就像是从桃花源记里走出来一样。

奇石林立、寨出原野，深山明珠

终于，又见到小南海了。说起来，我已是第三次到小南海，这次更是多了老友重逢的喜悦。渝东南尤其黔江，是我最常向朋友推荐的旅行目的地，也是我走得最多的假期线路。在我看来，再没有比这峡谷之城更“野”的景致：群山环绕，峰峦叠嶂，人文厚重的濯水古镇，幽深莫测的蒲花暗河。这里每一座山都有山的形状，每一块岩石都有岩石的个性，更令人惊叹的是小南海，犹如镶嵌于现实世界里的一块灵性之湖。

如果说古茶树和红豆杉是大自然的馈赠，那么小南海则是大自然的创作。它的独特仅凭这个名字就体现了。小南海是座湖，却被称为“海”。“海”当然是大的意思，但并不仅仅意味如此，还涵盖有奇、诡、秘，无以言尽的意味，是融山、湖、岛、石为一体的“海”。

小南海本身就是一个奇迹。1856 年，在黔江，一场大地震引发大规模山体滑坡和泥石流，阻塞了河流，形成了这个湖泊。而曾经的一个完整村落就此永久陷落、储留在湖底。如今，从高空俯瞰，小南海宛如一面狭长的镜子镶嵌在群山之间。湖面上奇石林立，植被丰饶，水牵着山，待转身离开前，整片云雾被风拨开一角，露出一小块空隙，从那儿我窥见，云雾下面是人家、阡陌、房舍和耕田，就像是从桃花源记里走出来一样。

山拉着水。光线洒在湖面，铺了一层粼粼的釉色，而远处，湖面上犹如披着薄纱。

沿廊桥走向湖心，我意外发现小南海变了。一切似乎被缝合了，回到了一种原初。幽静、安谧、洁净、清冽，几乎可以看见湖底的沙石。风中拂来的气息更加清新。

黄昏后，告别小南海到十三寨留宿，发现这些寨子，仿佛是自然栽植在田野之上的，像是山与水的一种延伸。

那一刻我想，所谓“仙境”，并不在遥不可及的天上，而在地面，离我们不远的身边，在无人赏识的自足里。大自然才是真正的艺术家，那种将时间与空间以及环境贯通又折叠的艺术，在南川、黔江，在重庆大地上体现得淋漓尽致。山有个性，水有灵性，每一颗石头和每一块植被，都具有那种野生原力所带来的陌生感和冲击力，这大概就是“生态”了。

实际上，古人是没有“生态”这个概念的，但翻阅《诗经》，打开唐诗宋词，你会发现，在漫漫历史的很长一段，自然始终是作为一种至高性的事物而存在，代表品格和品位。用现在的话说，就是“与自然共生”。换言之，“人”也是自然的一部分，就像鱼与藻同是水的一部分。

那么，“生态”如何定义？或我们该如何保护环境？这一趟行程我之所见，就是答案。现在我可以说出那个被延宕的答案了。

今天的山王坪，像从石头上长出来的一片森林。但几十年前，除了石头、灌木、杂草外，几乎没有大树，被称为石头山。现在所见的所有美景都是当地石漠化改造后的结果，是人类行为与自然生态完美结合的一个标本。

2012 年，“南川大树茶”获农产品地理标志登记，茶树村成为国家自然保护区，大树茶因此得以保护和开发。

至于美轮美奂的阿依林海，种植红豆杉之前，这里只是一座荒山，只有因采煤而留下的大小疮疤。

而我这次见到的小南海，也不复有多年前游船喧闹、餐馆嘈声的场景，湖畔也无踩踏的凹陷、垃圾残留——人与自然和谐共生的最核心一环，其实就是人：是你，是我。

因为我们便是自然的那一部分。我们无法也不必逾越自己。就像我站在山中时我也是山的一部分，而站在岸上观水时我是水的一则倒影。

宁河晚渡

刘红梅

重庆市巫山中学高级教师，重庆市作家协会会员，重庆市文艺评论家协会会员，巫山县文艺评论家协会主席。曾出版短篇小说集《永不驻留》。

宁河晚渡，渡你回到最初的本真。

日落，是有节奏的，与日升一样。

仰望苍穹的生灵眼中，太阳的步伐陡地加快，就意味着，下沉的开始；也意味着，一切回归的开始。

渡口的小木船，和着水波轻摇。形，空着，空空的舱里弥漫着归人经久不散的气息，幸福着，沧桑着。拾级而上，离江十多步阶梯外，洞开的城门敞怀迎接，那些漂泊的游子，那些倦游的归人。

渡口曾经有很多只木船，有的出航，有的摆渡。而现在这一只，它就只是静静地停靠着，静默打量着。

对岸城市白天鳞次栉比，夜晚火树银花。看过繁忙热闹的渡口远行者的不舍和归家人的欢欣，见证了白岸沙堤潜藏水底的秘密，在由窄变宽由急变缓的江面，它只是，随波轻摇。

渡口的风，一阵一阵，撩拨江水，水中情愫荡漾。

岸边，草木都在等待。“江头含笑去迎君，鸾凤尽成群。”

欲要远去的鹤，一翅飞到两江交汇的洪波里，停下，俯卧急流中，稳稳地。双翅舒展，紧贴大地，头在江波里，不浮不沉。这里应该是她不断东飞西寻欲要求得的永安之地吧！那么难逢难遇，一旦遇上，便不愿再振翅了。从此只愿，生命里所有的白昼和黑夜，都交错着宁河水澄清的绿和巫峡口变幻的风。

这只超越生死的鹤，观望着，聆听着，守候着。“鹤信三山远，罗裙片水深。”

秋深了。深秋的傍晚，夕阳不情愿地向西挪着脚步。一道残阳平铺水中，半江瑟瑟半江红。映在水中的落日，亮亮地在身后拖出很长很长的粼粼光波。水中的红荡漾了起来。满装货物的驳船不着痕迹地移动着，渐去渐远渐变渐小的身躯，始终有温暖的柔光相伴相随。消逝在峡口的缝合处，只剩柔光还在。突然空出来的江面，令人恍惚，令人怅惘。

小快艇伴着响亮的“突突突”声斜刺里冲出来，船头两人脸生辉眉含笑，朝向岸边，观草木，读秋色。欣赏风景，也成为风景。

此时，此景，触目处，衔远山，吞斜阳，气壮山河。

年长些的人，会不自觉地忆起渡口曾经非凡的热闹。那时，这里叫江东嘴。江东嘴的渡口河床狭窄，水深流急。几只小木船在急流中穿梭忙碌着。这些小木船用作渡船的却只有一只。江东的农人们，早上挑着一担担鲜嫩的蔬菜，乘渡船过江，去集市上兜售。渡船拴在一根横空杠在宁河上空粗壮的钢绳上，船夫拿着篙杆一杆一杆死命撑到底，一篙撑下去，木船摇晃着往前挪动一点儿，有些迟疑，有些慌张。乘船的人也随着晃动的船摇来动去。如果这时有人发出短促的惊叫，那这人一定不是乘坐渡船的常客。那些常来常往的人，比如卖菜的农民，则在摇来晃去的小船上面不改色谈笑风生。他们有的将装满蔬菜的担子放在狭窄的舱中，有的干脆一直担在肩上，几十斤的担子在他们肩上如若无物。灵巧些会招徕生意的，不到半天工夫就可以售罄满担的蔬菜，迈着轻快的步子回到江边，等候渡船，渡他归家。

年长人的儿时，一定藏着宁河渡口的沙滩梦，这梦里一定牵绕着一片青青草坪，对的，她的名字就叫青草坪。那些年，人们可去的地方不多，腿是最常用的交通工具，腿的能力完全限制了心灵的想象。谈着恋爱的年轻人做的最浪漫的事情，就是在河边的沙滩上牵手而行，说着情话，听着水声。

周末，或是节假日，便有那扶老携幼的人群，乘坐小木船，几下晃悠此时，此景，触目处，衔远山，吞斜阳，气壮山河。

就到了对岸。那一片平平整整的沙滩啊，那一片郁郁葱葱的草坪啊，敞开着多么开阔的胸怀，欢迎着，接纳着。那沙滩，那草坪，可以让大人重回孩提时代，让孩子沉入童话的世界。那么平整的沙滩，坐也好，躺也好，跑也好，跳也好，她自始至终对你温柔以待。“平沙枕碧流”，湍急的江水荡过来一浪一浪水波，打湿了的沙滩释放出孩子们无法抵御的诱惑。他们在那里建造自己的城堡，圈画自己的庄园，做饭，宴请，种地，走亲戚……那些从书中读来、从电视里看到的陌生的生活，在那片沙地的某个部分里，一一实现。大人们，三五人一圈坐在沙地上，一边瞄着孩子们，一边聊着天，或者打着扑克。聊天的人，不时从身旁的袋子里拿出零食喂进嘴里，吧唧吧唧嚼着，丝毫不耽误聊天；或是拿出水果专心地削皮，削出一个递给旁边的人，又拿出一个接着削。打牌的人，貌似全神贯注，却还是不忘抽空掏几颗瓜子，嗑掉的壳顺手一丢，又马上醒悟过来，俯身仔细拈拾起来，放进身后携带的垃圾袋中。

那时的世界，网络还不盛行，眼睛和思想便相对单纯。单纯的眼睛里，装得下周边一切，阳光下可以放光的沙滩，沙滩上千姿百态的各色人群，动着的、静着的、站着的、坐着的，还有那立着的山、流着的水，坐落的房屋、行着的船……

普通人用眼睛记录风景。

沙滩毗邻，青青草地，顺着水湾绵延到那道一直迤逦到江边的山梁旁。记忆中那里的草地似乎从未枯萎过，或许我只记下了它繁荣的样子。随波铺过来的江水，滋养着这一片草地，那些草绿得让人心柔似流沙。

小孩们跑到沙滩与草坪交错相连的地方，捋一捋它细长条的叶子，扯上纤细的几根，拿在手里舞动；或者，插在他们的城堡上，做成迎风招展的旗。大约在草坪的中心地带吧，有几块平整的大石头，大石周围方圆几米内只有干燥的白泥和着一些不那么大的不规则的石头。那里，是水波的触角伸展不到的地方，也是野炊的绝佳之处。有勤快的野炊爱好者，在那些石头间刨出一小块稍稍平坦的地方，用几块石头搭起简易灶炉，去近处的山上捡来枯枝作柴火，就可煮出香喷喷的菜肴。巧手包出的饺子，大厨炖出的汤锅，香气顺着峡口的风，四处飘散。在滚滚东去的江水边，在巍然耸立的高山底，抬头看看山巅上流动的白云，低头从碗里随便夹出一箸美味送入口中，此味只能天上有，人间哪得几人尝。轻风吹动青草，青草唱出一场柔肠百转的戏，在戏里且舞且诉说，人世的变迁，逝去的流年。

后来，河流变缓，水面渐宽，水底的世界愈加广阔也愈加丰富，江东嘴的沙滩和草坪，也汇入了水底世界。缓缓的江水，从它的头顶漫过，带走过去，预告未来。

熙攘的江东嘴在水底沉默着。想象着它或许并不寂寞，游动着的鱼虾，一样会在那里或散或聚，或悲或喜。油油地在水底招摇的青荇，还是一样且舞且诉说。倒是渐变宽阔的江面和渐入冷清的江岸，寂寞了许多。尽管，大江中，小河里，船只无数，来来去去。载客的，运货的，巡逻的，打鱼的，却都不再在这里靠岸。这里只是路途中的一道河口，路过它，就像路过任何一个河口或一个滩头一样。

都是过客。没有归人。

曾经白头的如今只剩寥寥，曾经鼎盛的如今已是白发苍苍，曾经风华的难敌容颜渐老，不谙世事的早处而立之年……岁月汤汤洄洄，宁河渡口，再度热热闹闹。

再度热闹的宁河渡口，那么努力地想要再现晚渡的风情。方柱上端伸出一截仿木的桩，吊一盏古色的宫灯，在轻风中摇曳。此处吊一盏，彼处吊一盏，散而不乱。暮色四合，灯火明明灭灭，恍然有了江风渔火的意味。

渡口的风热了又冷了，怀旧的人来了又走了。西沉的落日从东边升起，东去的流水由西边泻下。四季的茅草绿了枯，枯了又绿。似乎，草枯时节黄昏的渡口，才可了却储藏着记忆的人们有关晚渡的情结。

春季花红柳绿，美好而充满生机，是大好的生命出发的时光。起程之时，生命的意义便存有无数的可能；当骄阳肆虐，火热的激情搏击的勇力充斥血液，人生海浪中浮沉的人勇往直前；草木黄落时，该是遵从生命自如与从容的时候了，历尽千帆，阅完百态，就可以一边走，一边舍弃。轻装回归，是智慧的选择。

宁河渡口的夕阳，有一种沉静的力量。

宁河晚渡，渡你回到最初的本真。

湖光山色总相宜

戴馨

重庆市作家协会会员，重庆散文学会理事。作品曾发表在《重庆日报》《江南时报》《中国教师报》等，作品收录入十余种书刊，曾获第三届重庆晚报文学奖，市委宣传部“战污染、赞生态”征文大赛等奖项十余种。

湖光山色可以囊括大自然一切的美好，它动静相宜，跌宕生姿，即便在萧索的冬季也是如此。

在小城万盛生活，只要累了倦了，可以快捷地转入山野模式。驱车只需 20 分钟，便可坐拥如黛的山色和纯净的草木清香。人在其中，轻盈透明得好似被放飞了一次。况且，到处都有水之精灵的抚慰。

白龙湖无疑是其中的翘楚。在这里，绵延层叠的山峦是底幕，湖水幽幽汤汤，隐没于视线之外，有缕缕涟漪，从远处传来绵绵不绝的音律。湖水在大小错落的绿岛间舒展着，蜿蜒着。一层薄霭有无，两岸树影憧憧，四处芒草飘摇，分明是一幅朦胧雅致的淡墨

湖水在大小错落的绿岛间舒展着，蜿蜒着。一层薄霭有无，两岸树影憧憧，四处芒草飘摇，分明是一幅朦胧雅致的淡墨图，带着岁月独特的“包浆”。

图，带着岁月独特的“包浆”。

也是一个初冬时节，一群人去丛林镇的海孔洞。沿着阔大幽深的洞穴进入，穿越到中国自行设计制造第一架运输机的抗战时期。隐埋已久的历史如奔腾的兽体，重重地压迫过来。还没回过神来，又一头钻出，扎进白龙湖烟波浩渺的天外之境，好像不合时宜的闯入者。而一湖静碧在冬日暖阳映照下，沉静，包容。黄叶铺道，小船轻漾，激起对生命的遐思。多年前的一场大旱中，这片湖曾竭尽所有，将生命的汁液输送到城市交叉串联的血管和神经，而她一度达到极限值。好在如今，她恢复了往日的神采。映着群峰，碧蓝的水面如镜，高洁、神圣。看到她，我只有发自内心的敬仰和感恩，并时时生出用一支拙陋的笔去赞美它的冲动。

空闲时，我去得最多的就数青山湖。这个离城区最近的湖，已是国家级生态湿地公园。它的前身是一个名叫张三塘的水库。曾经，有条清清的养生河从群山间流过，人们拦河筑坝，形成一个小水塘，取名“张三塘”。起初，它是清澈水灵的，它哺育着十里八村的村民，带富了一方乡亲。湖域慢慢扩大，人们在湖边发展种养殖，虽生活节节攀升，可污水垃圾却源源不断地排到湖里。

实施生态文明建设的号角吹响了，人们面对这片渐渐形成的臭水凼和日益恶化的生存环境，开始陷入深刻的反思。于是，治理排污、修复生态、环境改造、产业调整……大规模的综合治理行动如火如荼地开展起来。“踏遍青山人未老，风景这边独好。”经过多年的艰辛努力，所有人惊喜地看到，青山湖的水质和环境得到了全面恢复。

周末，有很好的阳光。眼前，长达40千米的环湖步道一直延伸，杉树、柳树、桑树等树木和千屈菜、芦苇、黄菖蒲等水被植物构成立体独特的湿地景观。青山楼、秀水楼两座子母楼临湖亭亭而立。沙坝农耕园、五和梨园、尚古村落等农业景观，天然荷花池、风雨廊桥等配套景观，以及市民垂钓点、烧烤基地等休闲设施，星星点点布局其中。溪、瀑、沟、谷、塘……错落有致，层次分明的景致，铺开一幅清新宜人的画卷。乡村旅游示范地的美誉，使各方游客纷至沓来。

但它依然保持着自然的本色。它不随波逐流。宁静是它的特质。蜿蜒曲折的湖岸线隔绝了一切外界的喧嚷。这里，只有鸟儿婉转鸣唱，野花恣意绽放，蜂蝶漫天飞舞，苇花在波光的映衬下闪烁迷离的光芒。质朴是它的初衷。虽有大规模植绿、造景，骨子里还是乡野的味道。透雨过后，湖边陆续冒出的空心泡、野刺莓和大小蘑菇，总是吸引着孩子们欣喜的目光。有趣是它的品质。杂草野花总是伺机而动，与游客抢占路道；飘飞的巴茅草，恣意汪洋，一片白茫茫，人立其中，也镀上一层微光。

板辽湖边是一片片垦在山坡上的茶园，水汽氤着茶香。多年前荒无人烟之地，如今摇身变为水上乐园。时代在进步，乡村要振兴，只因我们一直走在探索的路上，跌跌撞撞却从未停歇。我认识万盛一位资深摄影师，他常常在国家级报刊发表摄影作品，板辽湖就有他取之不尽的素材。我试着从他的角度去理解板辽湖：有晨雾迷漫时的轻灵，有乡民劳作时的欢欣，有节日狂欢时的动感，还有从云端俯视的大气。从不同的角度看它，就有不一样的解读。最喜在夏日的黄昏，看远山含着湖水，消失在橘红铅灰的云影里，人和身边事物一点一点融进夜色。湖边，百姓新修的农庄灯火倒映在水中，如繁星灿烂。

在万盛，还有其他一些湖泊，如金蝶湖、银碗槽、眼镜塘等，一听名字便会生出无数生动的想象。它们都有着各自的风景和故事，或别致，或清秀，或幽远，如一颗颗晶莹的钻石，洒落在这方青绿山野，带给人们无尽的希冀和慰藉。

湖语清风是留处

吴天胜

中国散文学会会员，多篇作品在《重庆日报》《人民公安报》等报纸，及“学习强国”发表。2020 年获《环球人物》杂志“我的抗疫笔记”征文一等奖；散文《幸福的道路会唱歌》获重庆晚报夜雨副刊头条大赛优秀作品奖。

入秋的傍晚，双桂湖畔更是游人如织。立足湖边，眺望远山，心旷神怡。白云下的远山，青黛而清晰，绵延数里，融入天际。山脚是村庄，夕阳将它装扮成金色的童话世界。一列高铁从夕阳中穿梭而至，满载着远行归来和慕名而至的人们的心愿，他们都是奔双桂湖而来，就为在湖边听风赏景。

几分钟后，高铁钻进夕阳，滑入了童话般的梦境。

秋风起时，粼粼的湖水盈盈而来，与岸边错落的堡坎石窃窃私语。水波轻吻着湖岸，洒出满岸的碎银子，濡湿了堡坎石。成群结队的翘壳鱼苗徘徊在一处洄水中，见到人影，“倏”地一下，便没入湖中。一群野鸭子把湖水当作摇篮，在湖中随波嬉戏，时而浪起，时而溜下，惬意地享受着天然摇篮带来的舒适。

“参差荇菜，左右流之。”团团荇菜铺满湖面，拳头般大小的叶子相互挨挤着，长成了湖中的片片绿洲。偶有一两株游离出来，在秋风的吹拂下，随波荡漾。倘在初夏时节，荇菜花开，嫩黄的花朵铺满湖面，如烟似渺，微风拂过，仿若一群身着薄纱的少女在轻舞。此时的荇菜，已然变成墨绿色，结出了一颗挨一颗的蒴果。水波涌至绿洲边时，被消弭无形。一只野鸭划开水波，叼起那株欲离家出走的荇菜，将它送回绿洲。

傍晚时分，乘凉的人们纷纷走向湖边。露胳膊露腿的少年，骑着自行车飞快地掠过，他们以最快的速度将落日追赶到了山那边。大爷大妈们摇着团扇，边走边聊着晚餐里哪一道菜味道最好，计划着明天再给老头子弄两道好菜，陪他喝二两老白干。“窈窕淑女，寤寐求之。”还有那着长裙的美人，微风拂过，裙裾飞扬，夕阳映得闪亮炫目。秋风、湖水、夕阳与美女相映成景，令人神思飞扬。

“风飘细雪落如米，索索萧萧芦苇间。”停停走走，湖边渐次会长出一些芦苇。秋风已经吹开了芦苇的花朵，柔软的芦花在风中摇曳，仿若大朵的雪花飘满湖边。芦花挺立在风中，被吹成一条条巨大的狗尾，招摇着过往的孩童；风停时，又像一条条柔软的狐尾，魅惑了那些着短裙的少女心。“啪”的一声，一尾鲤鱼跃出水面，衔住了离湖面最近的那株芦花，芦花被拽入水中，芦苇秆硬挺着躯干奋力挣脱。芦花虽被弹出水面，但终究没能抵过鲤鱼的强悍，几粒芦花飘零在湖面打转，鲤鱼游走其间，将其畅快地果腹。

其实，从春天开始，芦花就暗恋上了垂云北观。那是一座七层高的八角塔，矗立在湖边的丘陵上，登上塔顶，湖景可一览无余。垂云北观原本是梁山八景之一，抗战时期被日军飞机炸毁，今人为纪念抗战历史，在湖边重建高塔。芦花也学美人爱英雄，见到伟岸的垂云北观，便芳心暗许。秋风起时，芦花决定出嫁了，轻盈的芦花在众姐妹的簇拥中，在秋风的迎娶下，飘向了附近的垂云北观。那时，夕阳给塔身披上了金色的霞帔，小巧的铜铃在凌空欲飞的檐角上翘首企盼，见到飘来的芦花，一起奏响了克莱德曼的《梦中的婚礼》，清音悠扬，韵味无穷。

“庭院深深深几许，杨柳堆烟，帘幕无重数。”垂云北观旁的垂柳已然茂盛浓密，远望似雾。秋风拂过，细柳斜斜，依依摇摆。她们列成了迎亲的队伍，要做芦花的伴娘。知了也变得绅士起来，闭紧了嘴巴，收起了聒噪，乘人不备，隐入了柳梢中。

暮色渐浓，野鸭子已回到荇菜丛中的窝里孵蛋。秋风还在轻摇，杨柳依旧婆娑，知了仍然缄口，只有那湖面的水波一粼一粼地涌来，向垂云北观和芦花送上绵绵不绝的祝福。

寻访一条河

袁野

中国散文学会会员，重庆市新闻媒体作协理事，重庆市散文协会会员，重庆文学院创作员。作品荣获重庆市直辖十周年征文比赛二等奖、上游新闻缙云月度文学奖，上游新闻缙云年度优秀奖、上游新闻 2024 优秀作品奖。

“谷雨下雨，四十五里。”二十四节中春天的最后一个节气——谷雨，喜雨普降，万物蛰生。此时，我要去寻访一条大河。

在这以前，牡丹花是我心中垫江的符号。刘禹锡一句“唯有牡丹真国色，花开时节动京城”，让牡丹名扬天下，但洛阳太远，垫江很近，近到我们上午从重庆中心城区出发，晌午时分我就已经站在垫江高峰镇大井村龙溪河畔了。俯瞰奔涌的龙溪河，如同翻阅了一卷厚沉的古籍。

滴水成溪，汇溪成河，万河汇江，龙溪河就是这数万条奔流到长江的河流中的一条。

龙溪河由明月山聚溪而

来，如一条拖着长尾巴的蛟龙在梁平、垫江、长寿扫出一把美丽的芭蕉扇形。龙溪河是偏爱垫江的，它把最长的身段给了垫江。

清澈幽蓝的龙溪河水，宛如母亲的脐带，串联起三地，这是三地的母亲河。所以这三地的人们将无尽的深情倾注于这条河流。龙溪河源于明月山东麓梁平区明达镇龙马村文家沟，在垫江、梁平境内叫高滩溪，可能是因为河流滩多流急而得名，长寿境内叫桃花溪、龙溪。

淙淙的龙溪河日夜流淌不息，流走了岁月，流出一方热土，为这片土地沉淀了丰厚的人文底蕴。“山不在高，有仙则名；水不在深，有龙则灵。”龙溪河，以“龙”命名，莫不是与龙有着某种渊源？

廓开岁月的尘烟，龙溪河从遥远的白垩纪流淌而来，据史料记载，龙溪河之得名概因河道曲折“势如蛟龙之蜿蜒”。又有一说为恐龙栖息的河流，原名为“龙栖河”，后世因“栖”与“溪”谐音，故记载为“龙溪河”。后一种说法尚未发现史料记载，只是世人的一种推测罢了。但龙溪河曾经是恐龙的栖息地的说法，在狮子滩电站拦河坝坝基修建过程中，工程处地质人员挖掘出一条长二十余米，距今约六千七百万年的白垩纪末期恐龙化石得到了证实。它现在静静地躺在位于北碚的重庆自然博物馆中，向世人诉说着史前记忆。那么，龙溪河便算得上这颗蓝色星球上古老的河流之一了。

寻访龙溪河，我是从垫江的大井村开始的。

淙淙的龙溪河日夜流淌不息，流走了岁月，流出一方热土，为这片土地沉淀了丰厚的人文底蕴。

因为有龙溪河滑过，大井村的生命便更加丰盈润泽。得天独厚的自然环境，成就了高峰镇作为历史上“荔枝古道”驿站的辉煌历史。

站在溪岸往南远眺，漏滩桥卓立于龙溪河之上。刚刚还是细雨霏霏的天空，突然放晴了。我顺着日出的方向而立，阳光将视线里的天空晕染成了淡蓝、灰蓝、深蓝的渐变色，同行的朋友早已漫步在敦实的桥面上，阳光将人的影子投在澄澈的河水里，桥静水动，一半微荡轻漾于水，如此刻灵动而易感的心情；一半浮光掠影于桥上，像多年后斑驳的记忆。

漏滩桥始建于清乾隆时期，相传此地为太上老君修行路上歇脚的地方，因他一坐形成了一个巨大的凹凼，故而得名漏滩。漏滩形成的真实原因是河床下面有个巨大的溶洞，河流的冲击造成水流声的回响，独特的地貌形成了龙溪河的另一奇观。桥的左面，河水安详得如刚入睡的婴儿，一到漏滩桥，风景突变，以千军万马之势击起朵朵浪花，击打着那些敦实的大石条堆砌成的桥墩。因为此桥凌驾于龙溪河之上，在建桥之初，桥头上还雕刻有石龙。不幸的是，在一次特大洪水冲刷后，漏滩桥被淹，石龙被冲毁，但龙头却意外地跌落在漏滩桥的桥墩处作仰天长啸之势，任凭风吹雨打依然与古桥相依相伴。古朴的石桥本身就是大井村的话语，源源不断地吟唱着，讲述着龙溪河的动人传说。据说，这样的古石桥在龙溪河上还有好几座，河生桥，桥生路，路会把人们引向更远的远方。

古老的传说一定会世代相传，因为它依靠着这一条养育了我们祖祖辈辈，现在仍然养育着我们及其子孙后代的河流。人类文明孕育于河流，逐水而居的人们靠水吃水，大井村也是如此，水源丰足的地方必定是富饶之地。

信步于大井村龙溪河畔，如碧玉般的溪水宛如一条飘逸的绿绸带。岸边错落有致地生长着的翠竹、枫杨、葎草，还有刚刚插上秧苗的稻田，满眼的绿，满眼的蓝，云朵是画布上的点缀，它们夹着风的轻柔和水的灵动，使得龙溪河更加生机盎然，清秀绮丽。

在龙溪河的水中，可以清楚地看到鱼儿虾儿，有时还有青蛙，从前飞走的白鹭又回来了，野鸭成群。

在大井村的第二天清晨，蒋春光老师沿着龙溪河畔晨跑，他说他要多呼吸一下负氧离子。吃早餐时，大家聚在一起又不由得感叹起昨夜的那个觉，从来没有这么香甜，整个村庄弥漫着橙花的香味，静谧得仿佛睡在刚结的茧壳里面。

现在我的记忆里，垫江不仅有牡丹花、石磨豆花，还有绽放在垫江人脸上的笑靥如花。寻访一条河，在大井村，在谷雨时节，一切刚刚好。

万里苍茫水，落木萧萧下

三峡刘星

本名刘星，重庆云阳人。重庆市诗词楹学会会员，云阳县诗词楹联学会副会长。以散文杂谈评论访谈见长。曾系新浪“读书沙龙论坛”版主，“逝水流年”文学社团驻站作者，新浪著名草根名博，围棋文化访谈记者。

一

山水诗程，画卷豪迈。我逆流而上，自奇秀险三峡的入夔门，长江上游第一段壮阔的江面终于出现了。

站在依斗门城楼看夔门，摊开十元人民币的画面，在夔门之内，壮观的三峡终于零距离地展现在眼前，在岸边。看被收纳的“万里苍茫水”，看上游岸畔青山叠翠，真可谓，无边落木萧萧下，不尽长江滚滚来。

在依斗门下江滩河畔简易的茶楼里，看着茶馆里的棋局。那是1998年，我刚参加完“夔州杜甫研究座谈会”返程。脑子里还是“杜甫在三峡”的话题，想象着“清簟疏帘看弈棋”，想象着“闻道长安似弈棋”，想象着大唐云阳诗人李远的“青山不厌三杯酒，长日惟消一局棋”……所以，在盛夏的晌午时光中等待上水船舶也是一种惬意。

那时候是长江上游的“激流时代”；“高峡出平湖”还在诗意里酝酿，“三峡大移民”还在耕耘渝东北的一片沃土，浩荡的长江之水还在流淌着千万年不变的故事。

三峡被两岸连山约束，至少诗人已经定论。诗圣杜甫在云安写的“水阁临石面，江楼翼瓦齐”，诗人李远写的“不知烟雨夜，何处梦刀州”，大诗人刘禹锡在奉节写的“迅濑下哮吼，两岸势争衡。阴风鬼神过，暴雨蛟龙生”，明代诗人施敬在巴阳峡写的“滩声将客梦，万里下东吴”……这都是沿途的峡江风光。此时“三峡号子”还是主旋律，《三峡情》的歌谣就诞生在两岸的云雾里、山水间。正应了“风沙三十程，云水一千里。”宋代诗人邵博在云阳境内的真实写照。

三峡的壮景让所有的人感受到了诗情的豪迈，感受到了心律的激动，感受到了精神的升华。所以在三峡自然而然地就有了“自古诗人必入蜀，入蜀必然千古诗”的谚语说法。

不过，高峡平湖前的春夏秋冬四时水情却是迥然不同的。长江万里，在这里淋漓尽致地展现了长江之水的婉约、峻峭，狂飙、苍莽，纤柔、不羁，平阔、浩荡。壮美的三峡成为自古以来文豪们的“打卡地”。

而今，高峡平湖之后，三峡储水了，并且是长江水源重要的保护地，大量湿地公园的建成，长江水资源成为最重要的“血脉”了。这工程也让三峡人成为最“悲壮”也最骄傲的一群人。说最“悲壮”，是因为当时许多人不理解政策，受“故土难离”的思维定式左右，怀着对故乡最底层、最质朴的爱，而悲壮般地离开了故乡三峡；说最骄傲，是因为数十年之后，他们又最自豪地赶上了“新环境，好政策，大发展”的改革之风，成为三峡人中最骄傲的一群人——在他乡落户，在他乡创业，在他乡生根而不忘本。比如张青云先生，原本是重庆云阳南溪的一位农民。在长三角，作为移民的他现在是上海的一位资深文史馆员。其撰写的《上海赋》成为上海人的首选佳作……

同样地，平湖水域内会展现 175 米和 135 米之间的落差。这落差演绎着长江三峡河床上明显的“刻度”。冬季，三峡储水，水程 175 米，拥挤的长江之水蓄势而发的状态。此时水势浩荡、宽容、渊博，漾漾着彩云阳光，跳动着浮光跃金，漂浮着百舸争流，一派繁荣昌盛的景象。

这时候的江岸是裸露的江岩，所有的泥沙都已俱下，岸边是速生的灌木林或草地丛，是长江沿岸的青黄交替斑斓的调色板——长江水丰盈而浩荡犹如一条浓郁的生命之湖，充满了灵气和生机。这绿色的“护岸江堤”！当然，最典型的江堤当属重庆市云阳县的沿江岸的五十里的“环湖绿道”。绿道形成了国家四星级的旅游景点，也是当地人民群众健身娱乐休闲的私人后花园。

长江水，在这里形成了巨大的落差。这落差更体现了长江三峡的本色，这本色就是三峡人的宽容、大度、奉献和勤勉。所谓“舍小家，为大家”大移民的重庆人成为21世纪初最波澜壮阔的事件。2024年初春，我巧遇了一位退休的“移民干事”黄先生，他站在云阳江岸的“环湖绿道”上，看着满目的“秀色”，阳光一如平湖之水清澈透亮，他若有所思，很是叹息说，他无法用文笔把当时的“移民精神”描写出来，这是终生的遗憾……

此时此刻，江风徐徐，岸芷芬芳；舟楫往来，人心荡漾。而眼前就是鲜活的江湖。这江与湖：长江是线索，平湖是内涵；三峡是骨气，奉献是内容。这就是三峡人的格局——是惬意的，是休闲的，是远谋的，是全局的，是慷慨的，是无畏的。在棋声的叮咚里，是岐山茶的幽香，偶尔远眺是感受来自齐岳山余脉的七曜山和大巴山余脉的长龙山余脉隆起的那种苍莽，两岸丛生的“无边落木萧萧下”是山清水秀的壮美景象……

二

山一程，水一程。回到往昔，一如梦幻。

登船离岸辞别夔门，力争上游便是云安。

在客船的船舷上的走廊边，我看见一副残棋。我倚靠在透风的船舷上，听着川江的风穿衣而过，感受着午后的阳光温暖入怀，看着船舷边逐此时此刻，江风徐徐，岸芷芬芳；舟楫往来，人心荡漾。

渐拓展开来的三峡之水，顿时感受到江流翻飞，逐浪开怀，宕然心境放远：是逝者如斯夫的喟叹，还是江流石不转的觉悟；是沉舟侧畔千帆过的欣欣向荣，还是两岸猿声啼不住的欣慰……水手终于下班来了。我捻起一枚棋子和重庆籍的棋迷水手开始了对弈。同时，感受着川江水域内行舟真的无比畅快。这种欣慰来自一种自由自在，犹如三峡之水，浩荡也可，婉约也行；暗流滩涂也罢，激流勇进也罢；壮丽的长江之诗韵便无声无息地熏陶着每一位江上过客。何况我这个本地人哉？

江水的奔流，两岸的逼仄，在楚国的遗址故陵沱长江容纳了永谷水，这里也曾叫“巴乡村”。这村里曾经生产一种最赋有诗意的美酒——曲米春。诗圣杜甫以降，“闻道云安麴米春，才倾一盏即醺人”便油然而吟，这是诗人杜甫在江州，也就是现在的重庆港码头上吟诵的诗篇。

逆流而上，便是新津口，在谭家山顶便是云阳的地理坐标——文峰塔。塔内有历代云阳状元名册。我即兴吟道：“江桥碧波连秋山，新津抵岸叶满川。苇草顺风遥招手，文峰塔顶彩云间。”二十年后，我为该小诗画蛇添足了后半段：“曾经重阳诗北望，拜谒恐龙卧普安。人生不输沧海田，夜宿魁星醉难眠。”说的便是自新津口沿着磨刀溪深入即普安境内的云阳恐龙化石博物馆。云阳正在打造世界地质公园，这是其中重要的契机……仰望崇山峻岭间，更远方的高山之上就是岐山草场，“天下龙缸，天生云阳”的云阳龙缸五星级景区，那里有一口“巨大的天坑”和幽深的溶洞，更有賨人的遗迹，是云阳自然和人文最神秘的地方……

前面就是我的故乡云阳老城。此时此刻云雾弥漫，汤溪河口的一切都在迷茫之中。我们的班船在轰鸣声里穿云拨雾。故乡近了，情更怯了。薄雾里张桓侯庙的钟声在雨雾里穿透而来。

“张飞庙的钟，大牛圈的风……”古钟玄妙，荡漾心扉。回溯历史，故乡的切片在时间流里，蜂拥而来，又幻化而去，成为笔下的永恒。

在云阳旧城，汤口汤溪潮涌潮声汹涌，沿着老城的青石板斜坡之险要悬崖之上。五峰轮下云阳旧城的城池还在，高而厚实的城墙上有黄桷树葳蕤蔽天，城墙外江滩上吊脚楼参差鼎立，支撑着江岸人家的人间烟火。钟声就是从张飞庙里扩散出来的，而巍峨的庙宇和临江的绝壁，再加上诗意的氛围，让人们诞生敬仰和敬佩。后来张飞庙整体的一砖一瓦都搬迁到了新县城的北岸，成为三国印象城景区的重要部分。在城与庙的江心，龙脊石潜伏在三峡的激流里的水底，只等待人民荡舟踏青。其中有一句谚语流传甚广：“龙脊对沙洲，江水二面流。富无三十载，清官不到头……”

倒是龙脊石的部分水文、诗句或拓片或封存或被分割转移到了磐石城下的“三峡文博园”内，供人们凭吊追忆长江水的浩荡和峡江水诗情……

诗圣杜甫曾经借居半年，描绘过我童年时生活着的真实场景：

悠悠日动江，漠漠春辞木。

下堑万寻岸，苍涛郁飞翻。

葱青众木梢，邪竖杂石痕。

寒轻市上山烟碧，日满楼前江雾黄。

负盐出井此溪女，打鼓发船何郡郎。

…………

当然，这些景象应该三峡高筑坝，峡区变库区而成为永恒的历史，这长江之水沿着溪流倒灌，千年古镇云安和盐道文化被掩埋……云阳县三镇合一镇，整体搬迁到了磐石城下的双江地界。新概念下的重庆云阳就此诞生新的篇章……

三

水一程，山一程。再次起航已经是现代时间纪元。

从故城到新城或者到万州南浦，既可以走水路也可以行舟。不过，不能忘怀的还是复兴码场到盘石更到双江。端坐在川江巨轮之上，看两岸风光。

人老了，总是如穿越小说一般，或者一瞬千年，或者千年一刹。过去的故事或者被放大，或者被忽视，或者被定格。在这里，我们便能够清清楚楚、真真切切地感受到什么叫作“领袖林”，这两岸的山形有着“东方金字塔”的伟岸，其上当然不是光秃秃的，而是林木葳蕤，松柏森森，有“无边落木”的宏伟。这沿岸的森林来自伟大领袖毛主席。在1958年春，他老人家于3月29日乘江峡轮从重庆东下。船到了三峡腹地云阳水域，毛主席见两岸山上满目荒凉，皱皱眉头，对当时陪同的四川万县地委书记燕汉民说：“你们云阳这些山头怎么光秃秃的啊？你们应该多栽树绿化长江呀……”从此以后，重庆云阳便迅速地成立了全国唯一的长江林场……

过云阳，一桥高架是因为城乡通衢，一桥高悬是因为高速路畅。长江二桥，像两道竖琴正在弹拨新重庆人的现代化进行的二重奏。桥头有整体搬迁而至的张飞庙景区，对岸，有梯城云阳的三环梦幻新城，摩肩接踵的城楼歌社区和佛光闪烁的磐石城。倘若从无人机上探勘，或者是从滑翔机上拍摄，其中最典型的有两个。其一是环湖绿道，犹如一道飘逸的绿色的彩带正逶迤在云阳新城，犹如镶嵌的一条生命的项链。其二是人字形万步天梯。此梯道创世界之最，从长江之岸畔穿城而上直到磐石城根，合计1975级。以此纵横线索，将重庆云阳新城整合成山、水，林、寺，生活、旅游的城市名片。

在澎溪潮口，更是一片景象万千的壮阔水域。

倘若沿着这条河流探索，你会发现这高阳湿地是一个诞生“英雄气”

的汪洋。高阳镇明月坝等考古发现古代巴人在这一代生活，这些边歌边舞的将士随着楚国大军一次次出征三峡，出征大巴山翻越秦岭，中原逐鹿，更有大汉军队抗击元军的将士坚守“磐石城古军寨”；共和国元帅刘伯承就在高阳平湖的上游开州诞生，在澎溪潮头对岸的盘石社区内就是共和国的开国少将云阳籍的谭右铭；著名的江姐、彭咏梧、刘孟伉、赵唯等名人的英雄故事就诞生在这一片山水之间。

四

山一程、水一程，在山水之间是著名的巴阳峡。

往昔，无路，什么船只出入这峡江的咽喉水域，必须是单行道。

长江之水，在枯水季节，裸露的河床怪石嶙峋，水势凶险。在峡谷内的石壁之上有“溢善巴阳”的石刻铭记，更有“天地人”水府三官的祈福和祝愿。唐代诗人戎昱在《巴阳阻雨》里直接描绘说：“日长巴峡雨濛濛，又说归舟路未通。”当年，我们的轮船因为巴阳峡水程阻隔，或者傍晚泊舟小香港之称的双江澎溪口外巴阳峡出口的江面，或者深夜停泊在巴阳峡上游出口的使君滩外等候进港。杜甫的诗句“即从巴峡穿巫峡，便下襄阳向洛阳”，李白的诗句“昨夜巫山下，猿声梦里长”，刘禹锡的诗句“杨柳青青江水平，闻郎江上唱歌声”……就这样袅袅娜娜地来，诗情画意的三峡便成就了“梦乡”的诗意。

后来，我创作了一首古风：

巨岩悚峙巴阳悬，川江湍急去不返。

曾经惊叹仄峡岸，如今徒叹平湖宽。

峡里无风三尺浪，阴天蔽日一线牵。

无边落木巴山出，不尽排浪蜀水翻。

顺便提及一下本文题目里的“万里沧茫水”取材于文天祥的诗句，他说，“畏途随长江，万里沧茫水”，此乃“长江悲歌”；而“落木潇潇下”取材来自“无边落木萧萧下，不尽长江滚滚来”此乃“长江浩歌”。

写于 2024 年 10 月 14 日

故乡的河流

熊昕

笔名熊芯，中国作协会员，重庆作协主席团成员、重庆文学院创作员。作品发表于《人民日报》《农民日报》《重庆文学》《红岩》等刊物。出版《背佚》《爱的佳醇》等多部文集。

故乡不沿江不靠海，只有一条河流逶迤穿越村庄。它是生命的摇篮，是神秘的储蓄器，是生活的见证者，是涌动中的大地血脉。

这条河叫作“大溪河”，从遥远的金佛山走来，经过喧嚣的城市，淌过寂静的森林，千回百转，形成一个大大的“Z”字形。“Z”字形中央，经长时间的冲刷，形成巨大的冲击扇，成为三面邻水、一面靠山的天然半岛。整个半岛差不多就是一个村庄，我就出生在这树林葱郁、翠竹环绕的岛上。

从高峰巅俯瞰，连绵起伏的群山、层层叠叠的梯田，目力所及之外无法探视河流的存在。只有近距离，才能感受到密林深处日夜奔流的大溪河。

村庄在竹木掩映的大溪河两岸，一座古老的石拱桥将河的南北两岸相连，承载着两岸乡邻的血脉情感，传递着生生不息的人文情怀。

南桥头有棵黄桷树，谁也不知道这棵树有多少年了，枝干粗壮、树形奇特、悬根露爪、蜿蜒交错、古态盎然。枝叶密茂，大枝横伸弯直，小枝斜出虬曲。叶如翠伞，油光绿亮。从下往上看，树冠如盖，遮天蔽日，渗出绿光点点，宛若星辰；从上往下看，卷起叶浪千层，连绵碧涛，春风徐来，飘落两三片老叶，抬眼望去，又生八九枝新芽。黄桷树一直在新生与老逝间循环，半树落叶、半树新芽的景观随处可见，无边落木萧萧下，不见河水滚滚来。这样诗意盎然的画面，在我的故乡日复一日、年复一年地循环着。

一个人对于一条河流的记忆到底能持续多久，我无法知道，但默默流淌的大溪河深藏的秘密却时时撞击着我的心房。

一场透雨，蛰伏了一个冬天的土地开始脉动，万物已听到了春的呼唤。菜畦里肥大的青菜抽薹盛开如金黄的油菜花；出土的小蚂蚱纷纷蹦跳，似火星四溅；蜜蜂在樱桃、桃花、李花、杏花的树杈间“嗡嗡”飞舞。大人们开始脱掉厚厚的棉袄，在杂物间取出农具修缮，哼着遥远而古老的歌谣，庄稼人沉闷了一个冬天的激情伴着春姑娘的脚步开始复苏。

这样的时候，父亲取下挂在柴室里的犁铧，用旧布擦拭灰尘，然后点上一支土烟，扛上犁铧，牵着水牛，沿铺满黄桷枯叶的石拱桥，向大溪河岸边走去。我好奇地悄悄尾随父亲，但父亲好像背后长了眼睛，心情好的时候，转身向我投来慈爱的微笑，心情差的时候，扭头向我吼叫：“泥烂稀兮的，跟着凑热闹干什么？”我知趣地停了脚步，站在空旷的田埂上，环视广袤而又充满盎然生机的原野，微风细雨中，社员头戴斗笠身披蓑衣，肩扛犁铧手牵水牛，纷纷迈出家门，径直向涌动的田野走去。

父亲不紧不慢地行走在草木初发的乡村小路上。太阳满满地堆在父亲肩上的犁铧上，犁铧像一面镜子，反射出冷艳的光芒。走到田边，父亲放下犁铧，摁在饱满的水田里，在田边随意折一根枝条，给牛套上枷，“嘘哧嘘哧”地赶着牛，开始了又一年的希望征程。

层层叠叠的梯田里，到处是晃动的人群，远远地就能听到赶牛的吆喝声。一张又一张的犁铧插进泥土里，泥巴上长满了厚如棉被的紫云英和铁腥草，每翻一犁泥土，阳光射在泥土与紫云英、铁腥草间隙的犁铧上，透过混浊浅濑的泥水折射回来，河边的树梢、竹叶上就有数不清的光斑在摇晃，像村庄里的一个个精灵。空气的成分陡然变得复杂多义，那是青草混合泥土、牛粪混合汗水的气味，这种气味成为庄稼人生活的枝丫，早已深埋在他们身体的某一个皱褶处。

一张张犁铧在村庄的土地里像鱼一样游动，几只黑色鸟儿好像并不怕人，毂溜溜地转动圆圆的眼睛，一会儿飞到牛背上，一会儿落在田埂上，伺机哄抢犁铧翻动后出现的虫子和蚯蚓。

雨过天晴，天空蓝得纯粹，朵朵白云，像洁白的柳絮一样在天空慢慢游曳，成群结队的燕子在空中飞翔呢喃。村庄撕开伪装，枝枝节节，都在响着爆芽的声音。直到日落黄昏，家家户户冒着炊烟，汉子们才赶着牛回家准备吃晚饭。

晚餐极其简单，一碗清淡玉米羹，几个粗糙的桐子叶麦粑，再加上几碟咸菜，家庭条件好一点儿的，偶尔有盘包心菜炒的腊肉。草草地吃过晚饭，人们又开始准备下田扯秧苗。

汉子们每人腰间扎一把稻草，伴着“嘭嘭嘭、哗哗哗”的水响，汉子们边扯秧苗边摆婆娘家的那些事儿，山村的夜色时时被朗朗的笑声打破，蛙声似乎也在为勤劳的人们助阵，叫声此起彼伏，几只萤火虫在不远处闪烁着。远处一只狗叫，引得河两岸的狗都跟着狂吠。当月亮升到半空，人们才伸伸懒腰，长长地叹口气，把秧苗整齐地码在田埂上，走向大溪河，洗净腿上的稀泥，拖着疲惫的身体回家。

倦意一阵阵袭来，汉子们身子刚落在床上，便响起如雷的鼾声，这声音很远都能听到。此刻，明晃晃的月光洒在大地上，除偶尔有几只虫子发出微弱的声音，整个村庄显得那样平静安宁。

因着大溪河的润养，村民们在感到生活清苦的同时，也感受到大溪河深沉的爱带给他们的幸福和温暖。村民们有这样的说法：天干三年不饿饭，水旱三年饭死人。意思是，有滔滔不绝的大溪河水的浇灌，加上地势平坦、土地肥沃，适宜种植水稻和各种杂粮，即使是饥馑的年代，村里也没因缺粮而饿死人。

土地承包到户，人们守护着自己的承包地，像绣花一样比试着经营打理自家的土地，怕自家地里的庄稼长势不好，遭别人戳脊梁骨。他们把满腔热情和殷切的期盼，抛撒在自己深爱的土地上，为视如命根的土地挥汗如雨，谱写出一曲曲动人的歌谣。

大溪河是养育村民生命的母亲河，更是孩子们依恋玩耍的乐园。

小时候，我和伙伴一起在大溪河游泳、嬉水、打水仗、打水漂，玩儿累了就躺在细软的沙滩上晒太阳。在似梦非梦中，任凭思绪飞翔。那时，总是在想：这条河流来自哪里，流向何方？偶尔，突发奇想，河流为何不走直路，偏偏要曲行？长大了，我慢慢才知道这条河流源自金佛山，流经乌江在涪陵与长江汇合后最终归于浩瀚的大海。对于河的路径选择，也许走弯路才是自然界的一种常态，当遇到各种障碍的时候，绕道而行，避开路障才能最终抵达目的地。为此，让人想到：人生也莫过如此，怀着一颗平常的心看待生活中遇到的坎坷和挫折，不是正如河流一样，经过艰难险阻最终才能抵达人生的彼岸吗？

基于这样的认识，多年后我才明白，平凡的父亲为什么会对故土如此眷恋。

勤劳善良的父亲，把一生都交给了他所钟爱的土地，但他从来就没料到，最终他会失去视如生命的土地。当大溪河上要修建汤盆水电站的时对于河的路径选择，也许走弯路才是自然界的一种常态，当遇到各种障碍的时候，绕道而行，避开路障才能最终抵达目的地。

候，听说要占地，房屋要搬迁，他高兴得几天几夜睡不着觉。在他看来，我家的土坯房被淹没后我们会住上砖瓦房，自己愿意的话还可农转非。然而，当大坝合龙，开始蓄水的时候，眼看自己曾经熟悉的村庄，自己耕作一生的土地一寸一寸被水淹没的时候，父亲失望地哭了，哭得是那样地伤心无助，甚至悲恸欲绝。

很长一段时间，失去土地的父亲沉默寡言，经常毫无目的地在大溪河岸站立很久很久。我担心父亲长期这样会憋出病来，妻子生孩子，我把父母亲接到城里来，但他在城里没住多久，总是找各种借口跑回老家去。我拗不过他，也只好任由他一个人回到了老家。

周末的时候，我总是抽时间回去看望他老人家。每次回家，他都把我当客人一样，小心翼翼地待我。有一次，我问他："为什么不愿意在城里住？"他说："你们坐在滑石板上，出门喝水上厕所都要掏钱，乡下生活自由自在，也用不着花那些冤枉钱。国家每月给失地农民一点儿钱，自己开荒种点儿小菜，日子过得舒坦踏实。"话虽这样说，但父亲的心结并没有彻底打开，他内心深处对于自己曾经深爱的土地淹没在水波中，仍是那般的无助和失落。

更大装机容量的大溪河水电站建成，汤盆水电站被彻底淹没水中。伴随水位的升高，村庄的范围变得越来越小，父亲的内心世界越来越复杂，越来越难以释怀。

父亲病了，他曾经强大的内心和村庄一样再次被河水浸泡，父亲67

岁那年，带着抱怨和遗憾走完了他人生的最后行程。

父亲葬在大溪河岸边，他出生大溪河边，喝着大溪河水长大，在大溪河边劳作耕耘，生育后代，他从故乡的泥土走来，最终归于他所钟爱的泥土，或许，他躺在这条孕育他生命的河流岸边，默默地凝望河水的奔涌，静静地聆听河水的流淌，才不会感到寂寞。

— 第三辑 —

诗意的栖居

金鳌：都市里的绿色田园

张者

本名张波，一级作家，重庆市作协副主席。出版长篇小说大学三部曲《桃李》《桃花》《桃夭》，中篇小说集《或者张者》《朝着鲜花去》，散文集《文化自白书》等。作品曾获庄重文文学奖，小说月报百花文艺奖，入围第八届茅盾文学奖等，荣获第八届鲁迅文学奖。

自然美景常有，返璞归真犹如世外桃源的田园之景却稀少。

这得天独厚的怡人风光属于重庆大渡口金鳌。环金鳌山区域目临长江之滨，地肥水美，自然天成。立足区域特色资源禀赋，创新城乡融合发展机制，大渡口区成片地推进人居环境整治，“十年磨一剑”，建设“小微生特”宜居示范村庄，创建美丽休闲、宜居、宜业、宜游的都市里的乡村。

“诗与远方”的浪漫，可以从金鳌景观式田园综合体开始。以山水田园生态系统为核心，对建设集“五彩梯田”“七彩油菜”“叠彩蔬菜”“幻彩优品”“炫彩果园”“律动荷塘”等精品田园景观倾尽全力。1500 余亩田园景观成为网红打卡地。近年来，持续举办的农耕文化节，“亲子插秧”“浑水摸鱼”等农耕体验活动吸引无数游客……

“十月获稻，为此春酒”，是诗经记载的事。先民对生活的热爱，都体现在那一草一木里；对自然的敬爱，都寄托在春耕秋收。金鳌田园的五彩梯田层层叠叠，依山势而造，梯田里的水稻由以绿为主色调的多种颜色组成。阳光下五彩梯田显得色彩斑斓，从上俯瞰宛如巨大的调色板。如印象派画家在画布上面铺满了绿色，又像条条镶嵌着碧绿翡翠的蜿蜒河流。那碧绿欲滴、明艳动人的阳绿，如初春黄杨树嫩叶，“绿柳才黄半未匀”的秧苗绿，雨过天晴后湖水般纯净的晴水绿，沉稳凝重的墨绿……在光与影间颤抖着、闪烁着。人走在稻田间的小路上，水稻田里哗哗响起来。油亮亮光彩进入眼底，什么时候都是绿意盈眼。太阳的金光点点滴滴跳跃闪烁，云朵俯下身在生机盎然的水稻上轻轻抚过，声音很柔和，窸窸窣窣。在春天的画卷中，那一抹绿色犹如一首优美的诗篇，让我们感受到生命的蓬勃与大自然的恩赐。

记忆中春天的万紫千红里，总少不了油菜花那一抹明丽的黄。而金鳌田园里总是不缺惊喜的，引种近年来出现的观赏性油菜花品种“七彩油菜”。花田里的油菜多色争艳：白、橘黄、粉红、橙红、淡紫……温柔的颜色，明快而活泼的气息，那最接近彩虹的颜色，让人以为误入了“莫奈花园”。花朵挨挨挤挤，枝叶密密匝匝，整片整片地开放，蜿蜒铺展，燃烧着，在流光溢彩的天地里，好像可以把梦想绵延到天涯海角。成千上万的蜜蜂和着不知名的昆虫在花丛中嗡鸣，不经意沾染一身花蕊，一片清香。很多古代诗人由衷地赞美油菜花，而乾隆说“爱他生计资民用，不是闲花野草流”，可见还特别注重油菜花作为油料植物的使用价值。

《汉乐府》中有句子：“江南可采莲，莲叶何田田。”这诗写得清新而淡雅，却又不失活泼灵动。应该是对大自然保持一种松弛的态度，才能写出这样的诗句吧。金鳌田园的“律动荷塘”完美地再现了古人笔下这样的景致。满眼是摇摇曳曳的碗口大小之荷，在无穷绿色中，羞涩绽放开来。水波涟漪，一波波荡开去。接天莲叶上流淌着阳光，流淌着云彩，流淌着无穷的遐想。细看粉红花瓣泛起一丝紫红色的光晕，如包裹一层透明水雾，而白生生的荷花中透着淡淡粉红，像未经装饰的美人的柔面。不独这荷花，那紧实的莲蓬，圆满光滑的莲子，也的确可爱。

空气中一丝丝香甜的气息飘然而过，是荷花的味道。其实认认真真地闻一闻荷叶，荷叶也是有香味的，一种淡淡清香。以荷叶包裹大米蒸出来的荷叶饭香气四溢，颇具一种浓郁的田园风味。

随着时间的推移，时代的变迁，一些传统工艺逐步在人们的生活里消失了，永久地被封存在人们的记忆里。而金鳌田园除提供餐饮、住宿和农耕体验服务，还想方设法让许多非遗项目重新焕发了生机，开设有非遗小院可学习体验扎染纺织等传统非遗技艺。扎染是一种古老而独特的纺织染色工艺，经典的蓝色染液，犹如湛蓝的天空，泛着微微的光芒。在白底纱布上通过特殊的扎结使部分区域在染色过程中保持原色，浸入染料后，把图案紧紧地固定在这块布上。整个过程宛如一首流动的诗篇，娓娓道来的是时光的故事与文化的厚重。每一道纹路都充满了韵律感与节奏感，仿佛古老的曲调在耳边回响。如今依然有许多人倾心于学习这一即将消失的技术，我想这不仅因为它那无法替代的美感，更因为它承载着人们对美好生活的向往和追求。

金鳌田园的高品质农房、高颜值院落或许是寻觅归属感的最佳地方。有拥有绝佳观江视野的花园式休闲小院，有推窗就能看见青山飞鸟的山间楼阁，有闲时就能听风喝茶的小屋，还有亲手采摘瓜果就能做饭的老宅……在这里，时光好像走得很慢。我们能时刻拥有温暖平静的心情，拥有从容淡定的心境，在悠然的时光中感悟生命，探究生命。

春夏秋冬，四季分明，时时都有绝佳的景致，时时有生活的乐趣。日出而作、日落而息的生活模式单调却不乏晏然。春有春耕的忙碌，夏秋有丰收的喜悦，冬有围炉的幸福。不图名利，就没有钩心斗角。这种安静和寂然是如此深入人心。栖居乡野的人们，不论是路上三三两两的村民，还是来到这里的游客，每个人的面容都是那么平和温暖，遇见了都会相互微笑，问好。

“美丽乡村绿色田园综合体”这一概念很多人是熟悉的。2017 年年初，乡村综合体作为乡村新型产业发展的亮点措施被写进中央一号文件。一些项目成为乡村综合体建设的样板工程，引起各方关注，参观学习的人群络绎不绝。不过，大多是把特色乡村当旅游点来打造的，大同小异，不可持续。村村都是旅游点，村村都不是旅游点。进入一些普通村庄，除了村口的石碾子，就是人工的老磨盘，而在重庆金鳌就不一样了。依春夏秋冬，四季分明，时时都有绝佳的景致，时时有生活的乐趣。日出而作、日落而息的生活模式单调却不乏晏然。春有春耕的忙碌，夏秋有丰收的喜悦，冬有围炉的幸福。

山望水，长江东流。上下有路，山道弯弯。整个综合体不是平面的，而是立体的，形成了一个天然的三维空间。金鳌搞的也不是单纯旅游点，而是日常生活休闲地和康养中心。金鳌不在郊外，就在市内，哪怕是一个阳光明媚的下午，你都可以开车前往那里，只需要几十分钟。那里有山有水，有吃有住，有土特产，特别适宜康养和休闲。

跳磴镇金鳌村周边的跳蹬镇石盘、沙陀等六个村庄的自然环境、建筑环境、人文环境开发融为一体。沿着金沙路蜿蜒向上，眼前满是生命的色彩，芭蕉宽肥的翠叶，甘蔗茂密的碧丛，遍围白墙黛瓦青砖，迎风舞蹈。

一切都在告诉我：生活就是这样，生活必须是这样。

2024 年 1 月

大渡口

海男

作家，诗人，画家。著有跨文本写作集、长篇小说集、散文集、诗歌集九十多部。有多部作品被输出海外。曾获刘丽安诗歌奖、中国新时期十大女诗人殊荣奖、中国女性文学奖、第六届鲁迅文学奖（诗歌奖）等。

沿着大渡口长江以上的丘陵地貌，一座充满了时光隧道的钢铁博物馆出现在眼前：此刻，眼前是钢架，撑起了漫长时间中的传奇，这是最真实的熔炼历史中的一幕幕大事件，仿佛又重新穿越到了重庆之眼，又重新看见了炼金术中最艰难的血腥和战事遗梦。

站在大渡口任何一个位置上，似乎都能感觉到长江水的波涛。一个依傍大江的区域，它是重庆的另一双强大的翼角，安稳地耸立，有时也会飞翔，是的，它的飞翔声带着江水的汹涌澎湃，将我们带到有钢铁味弥漫的博物馆。去一个新地方，首先要看这里的博物馆，只有到了博物馆，才可能寻找到这个区域的历史和发展。

我们迎着晨光呼吸着大渡口区的新鲜空气，这是我第一次来大渡口，所以非常向往这个陌生的区域。钢铁博物馆以钢铁而著名的历史，在今天已经变成了传奇。这里有"1905年英国谢菲尔德公司生产的8000匹马力双缸卧式蒸汽原动机，1906年由张之洞从英国购进……"1952年4月10日，这台蒸汽机成功轧出新中国第一根中华式重轨，并为新中国第一条铁路——成渝铁路钢轨生产提供动力，后于1985年重钢节能改造后退役，见证了中国近代钢铁工业的发展历程。

在移步中，我们不断地触抚到钢铁的记忆，如不亲临现场，是无法感受历史的。我们置身于钢铁熔炼的时光岁月，仿佛又看见了钢花的燃烧，能与博物馆的钢铁站在一起，有一种莫名的欣悦和感慨。时间太快，照片上的那些钢铁工程师和工人当时的年龄，也就是青年和中年——这两个年龄在任何时代，都意味着青春和成熟。

我想触碰那些铁的燃烧和冰冷中的时间，我们从一座座厅馆向未来奔驰，这是无法阻挡的力量。这些曾经出炉的钢铁如今已经衰竭，所有留存在博物馆的历史，都需要时代去缅怀。博物馆是留给现在和未来的时间史。从燃烧到冰冷，本就是一个梦想的过程，也是文明历史的进程。

站在大渡口的钢铁博物馆留影，我们是后来者，也是仰慕者和追索者之一。为什么现代人如此热爱博物馆？是因为，每一座城市的博物馆，都装满了这座城市曾经的历史过往录。越来越多的年轻人每到一地，都要拜谒博物馆，这是一种从内心升起的朝圣者激情。大渡口的钢铁博物馆，同样有时尚的年轻人，还有旅行团队的到来。博物馆越来越深刻地进入这一代又一代人的生活，寻找历史和文化的源头也是现代人的梦想。我们身后就是大渡口钢铁的前夜，在那些充斥着战事遗梦的艰难岁月中，大渡口的钢铁造就了很多与战争融为一体的轶闻轶事。

从钢的往事如烟中移步到大渡口的长江边缘，已经是正午以后。在雾气弥漫的江岸，我们来到了义渡口镇，亦称大渡口古镇、马桑溪古镇。江水在这里已变得平缓开阔，石板路被雾雨洗过后变得干干净净，三五成群的旅人即使在朦胧的雾中也同样愉快地拍照，古老的石壁，悠长的江水确是另一番美景。更重要的是宁静的气氛，没有快捷急躁的生活方式。在这里，一切都会慢下来，所有的焦虑症都会得到缓解。我站在古镇中品尝着清新而古老的味道，旅行者擦身而过，石板路和台阶上有陈年的青苔，这是地球上人的安居之地；我仿佛看到了神秘的地球仪在旋转，我看见了地球仪上的大渡口，它是其中的一部分，生长着植物、高山、平地，有一条大江滚滚而去。

我们走进一座茶馆，江岸边到处是闲聊的茶馆，大西南版图上的人们都喜欢喝茶聊天，这大约也是从古至今的风尚，而且这风尚从未消失，越来越多的现代人也都向往每到一地，选择一座可以聊天的茶馆坐下开始缓慢的生活。我要了一壶让人安神的茶水，里面有红枣、枸杞等，茶水呈酒红色，看见就想品饮，神志也就安顿下来了，灵魂却开始漫游。

敞开的木格子窗外就是长江，对于这条江，我有无限的游离之谜，从小就生活在云南高原的金沙江边，曾经在金江边的峡谷从江边走到村寨，又从村寨走向山冈，金沙江最终汇入了长江。所以，在此倾听长江边的

所以，在此倾听长江边的微澜，似乎能感受到我身体中的那条穿越了很多高山和峡谷的金沙江。

微澜，似乎能感受到我身体中的那条穿越了很多高山和峡谷的金沙江。

有船帆从开阔的长江经过，看上去速度不快不慢，这是我喜欢的速度。在我看来，只有在不快不慢的速度中，才能体现人生活的本质，也能创造梦想的现实状态。在这座古镇，仍然保留着许多古式建筑，如果能在这里的古客栈住一段时间，白天在江边的沙滩走一走，再返回茶馆客栈，这样的生活，也是现代旅人生活方式的一部分。

除了茶馆外，还有特色美食，能让现代旅人留下来的还有寻找到历史文化的另一种源头：在苍茫无边的江岸边走一走，无论走到哪里，走下去或者再向回走，都是人之生命在寻找遥远的那些人生迹象。黄昏，我们在江边围炉而坐，在大渡口，火锅是著名的美食，辛辣刺激味蕾的沸腾声，激起你身体中的饥饿感，这也是人生中很美好的状态。火锅中飘满了红色的辣椒，这就是重庆大渡口最著名的火锅：南来北往的旅人，都在不知不觉中融入了这种超辣的火锅味。美食永远是一个区域吸引力的一部分，人们来到这里，自然会品尝当地最著名的美食。

长江水就在身边静静地流淌着，夜色阑珊后的江岸，仿佛又重回古代，那时候的古人生活得更缓慢；在一个没有高铁飞机互联网的时代，可以想象古代人的生活起居，也可以去想象古代人的美食和爱情故事……此时此刻，我们从炉架前站起来拍照，我们的身后就是长江水，我们在马桑溪古镇的长江边拍夜景，照片上竟然有古代的灯笼在空中晃荡，人总是在逝去的时间中寻找现在通向未来的道路，这是一个出发或抵达之谜。

我们迎着蒙蒙雾雨，仿佛时空穿梭来到了处理人类垃圾的高科技时代的工厂，行走在银白色的长廊，就像走在另一个星球。人造垃圾是人类生活中最重要的现实问题。垃圾也在追问从哪里来、到哪里去。垃圾经过重新进入高科技的演练后，变为电流照亮了人间，这就是现代文明的创造。在现代化的垃圾工厂，这是一部高科技的生物学大片的现场：在如此寂静的厂区，几乎看不见工人，却感受到现代人生活的垃圾，已经在悄无声息中转化成了另外一种物质能量。

我们需要文明史的变迁，因为每一种文明史的变迁都改变了人类的生活。我们也需要在千山万水中保存着古老版图的传统习俗，在大渡口，我们行走在山水田野间时，看见了朴素的农庄和耕耘者的日常生活。大渡口有特色庭院，不断成长中的新田园风光，不仅繁荣了农业，也开拓了对外开放的旅游者线路，更多的旅人走入山乡田野花香。正值初秋，我们看见了满山遍野的金色果园，大地上有众鸟迁移到此，因为这是万物万灵中非常适合栖息的故乡之一。

除此之外，大渡口的社区文化中有向市民们敞开的图书馆，长廊上有摄影长廊图片，墙上镶嵌着社区人的故事和图片。走在大渡口的街景中会滋生出种种幸福平安的喜悦：有骑着自行车和电动车的市民穿过街道，也有各种车辆以文明的姿态去追赶速度。

大渡口有现代化的工厂，有广袤辽阔的农庄，有祥和家园中的市井文明，俯瞰广阔壮丽的长江，在街道社区感受人间烟火的故事，我们途经寺庙、穿过农庄、走进公园，所有这些都是大渡口区域的文化和历史传承。

这次采风从钢铁博物馆遗址开始，仿佛一幕幕弹指间的电影往事，从过去到现在，时间的流逝犹如长江之水滚滚而去。尽管如此，大渡口的钢铁仿佛仍然在历练着人类的故事。大渡口，本就是渡人、渡时光的彼岸和此岸，因此，大渡口的文明将绵延着未来的传奇。行走于大渡口，仿佛是一部意识流小说，又是一部现代时间启示录，长江水神曲弥漫，如同生命的史诗，随同汹涌澎湃的史诗般旋律，将载入未来历史的文化漫卷。我们游走于大渡口，一次次地聆听到从长江口传来的波涛，从古至今，这波涛从未消失，它替代大渡口去传递时代的声音和旋律，也替代永恒的时间去守望大渡口人与自然的美好生活。

最美的风景，最好的时光

张楚

天津市作家协会专业作家，天津市作家协会副主席。作品发表于《收获》《人民文学》《十月》等。出版小说集《樱桃记》《七根孔雀羽毛》等。曾获鲁迅文学奖、郁达夫小说奖、茅盾文学新人奖等多个奖项。多篇小说入选中国小说学会的“中国小说排行榜”。小说《七根孔雀羽毛》《良宵》被改编成电影。

坐了很久的大巴，盘了很久的山路，终于抵达了大窝社区。这是一个处于半山腰的社区，虽已三月下旬，硕大饱满的白玉兰仍然盛放着，蜜蜂嗡嘤，粉蝶翩然。我们顺着小路慢行，路两侧是老式民居，白墙灰顶，颇有徽派味道，民居旁是耀眼的油菜花。油菜花北方罕有，每次看见都会让我心头一颤。是的，那种成片成片明艳的浅黄色在阳光下肆意奔流，即便是最阴暗的角落也被沾染涂抹出光亮。普通的植物，普通的人，看起来不打眼，可往往就是这些人与物，能抵达人心最隐秘的角落，散发出不可思议的光芒，将内心的暗处照耀。

除了油菜花，便是桃花了，一丛丛的，夹杂在叫不出名字的植被间，探头探脑，使眼前倏地一亮。这里的桃花比北方的淡，近于粉白，野风一吹，兀自坠落。

走着走着豁然开朗，小路左侧赫然出现一个巨大的池塘，池塘依山而建，四周植了柳，此时才顶了苞芽，在山风里摇曳。沿池塘上行，是一个个阶梯状的水池，左春水右春花，不远处是青黛色的群山，仰头是蓝得透亮的天空。“大窝景区”四个字刻在一个造型纯朴奇特的铁制牌楼上，左书“黄龙白龙朝青龙”，右书“金窝银窝看大窝”，气势磅礴。路一转，又是散落的民居。一位老妇人刚和邻居聊完天，看到我们便颔首微笑。我不禁跟她闲聊了几句。她说自己种菜种粮，吃喝不愁，“空气比城里好。”她笑着说。我问起她家里的情况，她说丈夫以前是矿区工人，20多年前去世了，儿子前些年也走了，如今她只身一人。我问她身体如何，她说最近腿疼，走路吃紧。我刚好随身带了点儿现金，便强塞给她，叮嘱她去卫生院买药。等我转弯时回望，她还在朝我频频摆手。

“快看！”同行的友人提醒我，原来不知不觉间已走到悬崖边，让我惊奇的是，就在崖边，竟然有一个足球场，塑胶场地，四周用铁丝网围罩。若在这里踢场足球，那得多爽啊！我赶紧拍了数张照片，发给以前足球队的队长。这时友人说，足球场建成后有人非议，说危险，怕球踢到山涧去。我对这种说法难免嗤之以鼻。怕这怕那，在被窝里躺一辈子就好，为何还要去外面看世界？说说笑笑间，便发现了露天游乐场，还有悬崖秋千和屋顶巨镜。站在巨镜上眺望，山峰层峦叠嶂，天上白云朵朵，脚下朵朵白云，恍惚间，身处四维空间，似是站在时间之外凝望着自己。

中午在海豚湾的一家农家乐吃饭，听社区的书记聊起大窝社区，才知道了它的前世今生。

大窝位于重庆市奉节县青龙镇。奉节，古为夔州，境内河流众多，有“一江五河”，即长江干流、梅溪河、大溪河、长滩河、草堂河、朱衣河，而大窝所在的青龙镇则地处山区。这里之所以繁盛一时，是因为曾经有过一家硫黄厂，顶峰时职工达3600余人，全盛时期硫黄年产量达7000多吨。长此以往，土地在硫黄的侵蚀下，酸性增强，导致植被荒芜、庄稼歉收。为了子孙后代和绿水青山，2015年，硫黄厂关闭。面对满目疮痍的荒山，大窝社区走上了生态产业的发展之路。他们以柏树、落叶松为主改造荒山4000余亩，造林2500余亩。十年的披荆斩棘，十年的汗水挥洒，使大窝社区的森林覆盖率达到90%。他们还养殖高山冷水鱼30余万尾，种植石榴、芍药、脆李3700余亩，保护了青山，造就了美景。春天赏花，夏天游水，秋天摘果，冬天赏雪，并先后打造出望月湖休闲游乐区、海豚湾自然观光区和爱情堡极限体验区，每年接待游客10万人次，旅游收入500万元。这里的群众吃上了“生态饭”，“老矿区”蝶变为“风景区”，大窝社区还被评为“全国生态文明村”和“全国美丽休闲乡村”。吃着老板娘亲自炖的走地鸡，听着书记亲口讲的故事，大家不禁憧憬起大窝社区的明天。

离开大窝，乘船过夔门、白帝城，抵巫山境内。巫山这个名字，着实如雷贯耳，除了元稹《离思》中的“曾经沧海难为水，除却巫山不是云”，更有李白“昨夜巫山下，猿声梦里长。桃花飞绿水，三月下瞿塘”。巫山在春秋时期为楚国巫郡，秦汉改郡为县，距今已有2299年，可以说，远古文化、巫文化、巴楚文化、神女文化、三峡文化在此交相辉映。

夜宿巫山，难以入眠，翌日上午，先游神女溪。溪是长江水，犹如凝滞碧玉，绿得让人心醉，游船缓慢行驶，碧玉破碎，涟漪四散，须臾复滞。两岸的山并不高魁，山壁大多是灰褐岩石，一层叠一层，仿佛在天地间独自诉说着往昔的故事。“巫山四面屏无二，却望东南欲滴翠。碧色分明云母光，清辉掩映琉璃器。”神女峰就在遥远的天边，肉眼可见，忆起 2015 年深秋，曾从宜昌登船至重庆，路经三峡神女峰时天降大雾，错过了，不承想这次终于得见其真容。不禁想起舒婷的那首诗：沿着江岸 / 金光菊和女贞子的洪流 / 正煽动新的背叛 / 与其在悬崖上展览千年 / 不如在爱人肩头痛哭一晚。不知神女是否也有如此想法。

中午在青石村，船舶靠岸时偶遇长江水质监测工作人员取水。同行的巫山县朋友介绍说，他们对长江入河排污口统一实行分类、命名、编码管理，目前已完成 65 个排污口的整改，农村人居环境整治村配套建设污水管网 15 千米，污水处理率达到 86%；实施“两岸青山 · 千里林带”重点工程，对红岩子滑坡、江东嘴库岸等进行了整治。我们问：“现在还能捕鱼吗？”他说：“长江十年禁渔。”他们号召群众做到水中不捕、市场不卖、餐馆不做。我们又问：“那些靠捕鱼为生的渔民怎么办？”他笑着说：“这些我们都事先考虑到了，为了解决渔民生计问题，政府完成了 300 多条渔船的退捕上岸工作，统筹解决了渔民的生计问题。”辞别神女峰，直奔小三峡。初始绝壁高耸，两山对峙，胜似夔门。李贺曰：“碧丛丛，高插天，大江翻澜神曳烟。楚魂寻梦风飔然，晓风飞雨生苔钱。瑶姬一去夜宿巫山，难以入眠，翌日上午，先游神女溪。溪是长江水，犹如凝滞碧玉，绿得让人心醉，游船缓慢行驶，碧玉破碎，涟漪四散，须臾复滞。

一千年，丁香筇竹啼老猿。古祠近月蟾桂寒，椒花坠红湿云间。”此言不虚。行至巴雾峡，峡内怪石嶙峋，碧流静淌，造型奇异诡谲的钟乳石迎面而来，仿若天然雕塑。在悬崖峭壁之上，偶有黑魆魆的石洞，当地人说那便是悬棺，距今已有2000年。濮人的子孙为了尽孝，在父母亡故后，在临江高山半肋上凿龛埋葬，利用山上悬索下柩，龛口越高，表示子孙越孝顺。古人的孝心和智慧令人惊叹。

站在船头看风景，宛如置身仙境，等山峰苍翠，竹木青绿，才知到了滴翠峡。我们在风中似乎听到了锦鸡的鸣叫声，听介绍说，小三峡拥有多种珍稀植物，如珙桐、杜仲、红三叶、金橘、桑、辛夷、香樟、重阳木等。珍禽异兽更是不胜枚举：山中有金丝猴、鬣羚、牛羚、白唇鹿、红腹角雉、虹雉、猕猴、金猫、灵猫、猞猁、獐、马鹿、斑羚、白冠长毛雉、红腹锦鸡；水中有鸬鹚、苍鹭、绿翅鸭、中华鲟、长江鲟、胭脂鱼、大鲵……我向来喜欢将美好的风景分享给亲朋好友，连忙拨通了儿子的视频，将这天下奇美之境向他展示。我们都没说话，此时说话的是绿油油的长江水，是层峦叠嶂的奇峰异石，是两岸生就的风声，是山腰间缭绕的薄雾，是密林中隐隐传来的鸟叫，是古代贤哲诗人们踟蹰巫山时的叹息，是伟大的汉字在天空中抒写诗篇时的墨汁滴落声，是生态环境保护工作者在岸畔江上奔走的脚步声……

天将傍晚，我们行至大昌湖。此时山峰邈远，若隐若现，水汽与雾气纠缠弥漫，岸边小舟独系，叫不出名字的白色水鸟擦着江水翩然飞起隐入云雾。人世间，想必没有人能用语言、用笔墨将此景描绘，我站在船头也失语了。等行至岸上坐于湖边，身旁是疯狂的油菜花和吹弹可破的梨花，几株老桃矗立在远处的风中，花瓣坠入静水，又随波纹远逝。也算是个走南闯北的人了，见过的风景里，唯此处最让人心安。

那晚，雨滴梧桐，听着小饭馆门外的溪水流淌声，与相熟的老友或才结识的新朋觥筹交错，真是不负春光韶华。便想，那些最好的时光，就是在这最美的风景中诞生，白驹过隙，人随风过，所剩的，唯有这大美河山。转念又想，如此撩人的春夜，还是须尽欢为宜，不免又多饮了几杯。想想翌日要去当阳大峡谷，这心便又开始雀跃了。

大渡口略记

杨献平

作品见于《天涯》《中国作家》《人民文学》《江南》等刊。出版多部长、中短篇小说、诗集等，曾获全军文艺优秀作品奖、首届三毛散文奖一等奖、首届朱自清文学奖散文奖、第20届百花文学奖散文奖、四川文学奖等。

沾衣细雨之中，我于夜间到达。此前真不知，重庆还有大渡口区，而且是主城区。渡口区位于重庆西南，与川东、贵州接壤。这一带，古时是巴子国的领土，且为其都城所在，常璩《华阳国志》记载："禹娶于涂山，辛壬，癸甲而去，生子启，呱呱啼不及视，三过其门而不入室，务在救时，今江州涂山是也，帝禹之庙铭存焉。"其中的江州，便是今之重庆，涂山则众说纷纭。大渡口区连接川东之华蓥山，与蜀共存，且与贵州一衣带水，蜿蜒直上云贵高原。跳蹬河之名充满动感和生命的强韧活力，桃花溪与伏牛溪之称也诗意盎然，令人心中顿生温情与潺潺之心。长江之水吞古纳今，以恒久流逝之姿，承载地老天荒，人间所有日夜。

次日清晨，雨歇，厚重与乌黑的云块中，有强光凌厉而下，在大渡口区飞溅出一片片巨大粼光与亮境。入冬的大渡口区，尽管处楼宇林立之闹市，植被仍然丰茂，翠绿清爽于路边及远处的小区或者空地，其中还有艳丽之花，若黄菊花、山茶花者众。行约1小时，方见城郊村镇与起伏之山，不由得感慨大渡口区之大，同时联想并感喟大地包容之德，人在天地之间被生养与自我繁衍之奇迹。

至三峰公司。人类城市生活总是在产生垃圾，那些废了的物品，如不妥善处置和利用，便会对人们的生活环境产生破坏性的影响。在文明发展的过程中，总附带了诸多的副产品或者废物，如何处理它们，变无用为有用，这是一个世界性的难题。三峰公司所做的，便是将每天产出的数以万吨计的垃圾转化成电能。参观的时候，巨大的机组陈列，自动化的分类、投放、再生产与再利用，工序严谨、恰切且充满了科技感，使得我内心当中，油然而生一种感激之情。

垃圾渗滤液当中含有大量的，包括各种芳香化合物、腐殖质等难以降解的有机物，还有碳酸根、硝酸根和硫酸根等无机盐以及铬、铅和铜等重金属离子，寻常的填埋与处理方式显然不足以降解，最大限度地减少其毒性，这是一个困扰全球的重大环保问题。由此进行的各种科技探索与研究行为，只要有利于我们的生态环境保护，都应当给予期盼与感激。人们的美好生活是由多方面构成的，新与旧的取舍，废与用的科技化转换与提升，进而让大地环境更趋于清朗、健康与“自然”，是新时代的民生大事。垃圾的再利用，转换成一种新能源，这无疑是利国利民的新科技。正如《环境伦理学》的作者哈格洛夫所说：“人与自然不仅有物理上的关系，还有心灵上的关系，所以人与自然是相辅相成、相得益彰。”

这种相得益彰在今天越来越重要，特点和趋势也日益鲜明。

再去金鳌山，大雾锁天地，山路弯绕曲折，近距离看到的村舍民居，一派崭新，村子大多由各种楼房构成，街道简朴干净。站在山上，俯瞰如带长江，在大渡口区蜿蜒与坦荡，平缓之中似可听激流暗涛，江水煎沸或可嗅到青藏高原之积雪气息。山上梯田顺势而造，虽然不怎么大，但层次分明、土质肥沃，所种作物种类多样，以水稻、玉米、蔬菜为主，其中的青菜，在初冬的大地显得格外清幽翠绿，体现着植物生长的悦人姿态。当地朋友介绍说，金鳌山一带的乡村，以金鳌寺、状元井等文旅与有机蔬菜、水果产业为依托，又新建了诸多的农家乐与新兴的休闲、娱乐、康养项目。

立于山顶，只见四面苍茫，长江两岸，村舍密集、祥和安静，产业兴旺。呼吸之间，我明显感觉，雾气中的水珠可触可闻，面对大江，忍不住喊自己的名字，嘴巴开合之间，似乎能领略到一种天地之间的灵气与静气。漫山遍野的柑橘已然成熟，犹如一口口黄金钟锤，悬挂在金鳌山上。

傍晚时分，去中华美德园参观，此处幽静，于闹市之间，俨然清心养性之所。“仁义礼智信”之传统美德，显然是中国独有的文化传统，这“五常”之道，仍不过时。在这里，不由得想起历史上诸多的圣者和贤者，大者和达者，是他们构成了中国数千年以来的文化内涵与表征。一个人若立志成圣成贤，无论是否成功，他们都可能是伟大的。只是这世呼吸之间，我明显感觉，雾气中的水珠可触可闻，面对大江，忍不住喊自己的名字，嘴巴开合之间，似乎能领略到一种天地之间的灵气与静气。

界上仅有数位人登峰造极，达至化境。正在感喟之间，忽有轨道交通穿过，那声音，犹如火车，又比火车轻盈，还带着些许难以觉察的诗意。

傍晚，和朋友们一起穿过公园，垂柳环护微波湖泊，涟漪捡拾华灯颗粒。岸边的川剧馆、琴台、咖啡店等依次排列，人们在其中漫步，老幼偕行，偶有红发碧眼的异国友邦人士，恍然觉得，东与西在此并列，新与旧欣然同台，最美好的情景，莫过于人和人之间的互助与和谐。空中鸟鸣突兀、清脆、亮丽、婉转，令人心神明朗。

夜间的大渡口区，再度小雨，凉风之中，灯火灿烂，山城之妖娆，在江水之上，越发显得丰沛与灵动。倒是离开之时，朗日升空，照彻天地，草木绿叶上闪着露珠的光芒，与我来时形成鲜明对比。就像我和大渡口区，此前相互认不得，偶然的机会，却瞬间熟稔，且渐渐生出诸多温情与好感来。离别大渡口，离别重庆，有一种舍不得或者说热爱的情感，在内心缓缓升腾。好在，成渝之间，最长也不过两小时的距离，更何况，在文化传统与风俗习惯上，巴蜀两地从来同气连枝，而且，我也深知，巴蜀地区之于整个西南乃至整个中国和世界的关系，从来一衣带水，须臾不分。

一日万象

周宏翔

90后作家、中国作家协会会员、鲁迅文学院第44届高研班学员。已出版作品8部，其中长篇小说6部。2010年凭借《少年们无尽的夜》荣获第五届“巴蜀青年文学奖”；2017年、2021年、2022年，三年荣获“当当最有影响力作家”。

原本以为重庆人对山石都不感兴趣了，特别是长期处于丘陵地带的人群，仰头就是重重叠叠的遮挡，身处城市久了，楼房也代替了山石成为一种心理印象。所以踏上车的瞬间，我打算对山石不再有丝毫的描写，哪怕它比我想象中更巍峨一些。入春三月，沿途的油菜花早就开泛了，大片大片的嫩黄色像是绒毛地毯，站在山脚下，浮花浪蕊，流连忘返的人却不少，特别是女性，喜欢站在花丛中，婀娜多姿，堪比山间枝蔓，那种相机拍下的瞬间，就算放到2054年再看，依旧具有春天的美好意义。我会想，如果时间往后推30年，山间会变得更美，是一种必然结果，还是一种人类意识上的强制性回归。

南川至彭水，经阿依林海，最后落脚小南海，已有几种不同的山貌，原本春节生病后还有些咳嗽，却因进入山区后莫名好了。这趟从北京飞往重庆之旅，是在云海与石林交织的记忆中完成的。大片的红豆杉据说具有抗癌作用，拉丁名为 *Taxus chinensis*，又名紫杉，基本分布在海拔 900 米以上的山地，喜阴，耐寒，镰刀形的叶子，末端尖而细小；便说植物与人一般有性格，在俯瞰盘曲山路的顶峰，变成一种默默看客的存在，大概是因为本身并不高耸，又有一种亲和的感觉。陪伴的那簇花树叫木姜子，之前倒是完全没有了解过，细小的黄花在云雾中绽放，独有的香气幽然弥散，而是因为它们的存在，山宇之间有了一些个性，至少植物栖居的阵地不同。而后下山，是小南海独有的碧绿，中途时间过长，几乎可以做一个环形迷宫的寻路之梦；却在恍惚之间听到树叶窸窣的说话声，不是耳朵，是眼睛，影影绰绰的光影是窃窃私语的口型，看，又有人来了，大自然间的密语不为人类所懂，如同天机，只能猜测。黔江地段，颇有不同，浑然闯入大自然的疆界就会有一种冒犯般的侵入感，好像大自然从来不属于我们，而我们明明是从自然中来的，这种矛盾的错觉不止一次在心中回响。

那种碧绿比宝石贵重，说的是水，返璞归真的清澈，与我在卢加诺的公园看到的全然不同，瑞士的山脉下也有一汪让人心旷神怡的湖，小南海却充满了七言律诗的诗意，而不是那种长短句交错的现代诗，我一时间理解了回乡的意义。至少从几千米高空落地的瞬间，千里之外的城市建筑与这里形成了落差，那种超脱个人感受的景行景止，变成了我远走他乡回望时震动的波澜。I 级水源的捍卫，是撤掉所有可能的人群活动，这种强制性突然变得庄严肃穆，在阿蓬江的水流入其中的同时，变成了一种萃取实验，山石形成容器将水质沉淀，沿江而行，远时地震坍塌的岩石变成了小南海孕育的一种生命，你甚至可以听见它们的呼吸，为没有人类的泛舟叨扰而感恩。人与自然签订了一份天然的契约，却是为了让人类获得更舒适的环境，更像是一种回馈。灵气不能被亵渎和污染，是这份天然契约中的核心思想，每一个字符化身草木鱼虫，嵌入自然的文本。

自然的镜像是一种表演，是山水之间的一种吟唱，与土家十三寨的阿妹们唱歌不一样，那种极度热情，让人宾至如归的表演，是这山水滋养的结果。自然把它们的热情投放到人身上，转而散发出草木清香一般的脱俗之美。对于贵宾的接待总是隆重的，从推门开始，到手的茶水，繁复的服饰，永恒的微笑，组合原本是一种妙趣，待到“晚宴”，或许“晚宴”二字又有些夸张，更像是认真对待客人，丰盛到像是一桌桌流动的喜宴。特别是天幕未落，鼓声和唱腔接连登场，没有剪辑的原生态表演，加入其中的嘉宾远没有想象中生涩，一场“婚礼”热闹非凡，一时间，客人都像是专程来吃喜酒，原本的晚餐又多了几分喜庆。

木桥是一种勾连，特别是行走于夜色中，这种勾连让靠近溪涧的小路有了真正“山寨”的意味。在抬头的某一处聚光下，横竖摆放的木柴堆满了某户大门，飞动的蚊虫还没正式出没，一位阿妹坐在那堆木柴旁边，像是水彩截取的一个角落，不把山与林框住，只有人，这处的画没有自然了，却因为成堆的木材变得“自然”，这种类似倒叙的画面，可以想象木柴的来处，必定是恢宏的大片丛林。我就是在这个时候发呆的，没有跟上大部队的步伐，山寨并不大，但起起伏伏，错落有致，我们住的民宿是居民房屋改的，入夜后，在灯火通明的一处小院子里围炉煮茶，一个铜壶里装了些奶，加上刚泡好的茶，仿佛可以立即营业。大概是环境宜人，大家带着既放松又高涨的情绪，一副要通宵达旦的样子，后来炉子上烤了两个橘子，很香，说是止咳的，其实我已经不咳了，却还是吃了两瓣，我好像一直喜欢吃加热后的水果。

夜的静谧，更多的时候是一种衬托，衬托喜欢在夜间热闹的人，于山林之中，静谧让热闹回荡。这样的地方，春日来甚好，能避过夏日的暑气、秋日的萧条和冬日的寒冷，我们赶上了最好的时候，尽管夜间总有些冷，却依旧是最好的季节。脚底踏在粗粝的石子上，引起心灵上的回响，大概是从脚底的某个神经出发，刺激到大脑对当下的感官，又是城市间常说的一种按摩。

一夜如此安稳，归功于人与自然的和谐，没有城市里深夜的喧嚣，没有汽车飞驰的声响，没有夜归人不明就里的发疯，睡醒后神清气爽，便恰好地解释了“钟灵毓秀”这个词。阿蓬江的水托着小船缓行，想起过南川的时候还下了点儿小雨，在黔江是一点儿雨也看不到了，这游江少了雨，就似乎少了几分意境，而偏偏就是没有雨，才能看到一线天的奇观，否则必定只能躲在船篷里，伸不出头去。还没到蒲花暗河，阳光最强烈的时候，经由阿蓬江乘船上了岸；吃着沃柑，又行了一小段路，路上交谈着，大家说，黔江的水确实像洗涤过的；直到又进了神龟峡，我竟有些迷眩。河道斗折蛇行，石壁上是有姑娘的，应该随着早上晨曦的光线起床梳洗，然后仰头看对岸的阿哥，阿哥挑着扁担，往前走几步，又遇见在卖鸡蛋的阿叔，摆几句龙门阵，再过来，姑娘又在另一个档口夜的静谧，更多的时候是一种衬托，衬托喜欢在夜间热闹的人，于山林之中，静谧让热闹回荡。

相遇，光线变化的每个瞬间，他们又有了不同形态，突然像是在石壁上阅读马尔克斯的小说；那些石钟乳随着行船角度的变化呈现出不同的形貌，阿蓬江的水隔开的两端，隔出了一个舞台，阿妹和阿哥在石壁上日复一日地表演着，是江上的一出默剧。最神奇的是游船的中间一段，江水突然变得一尘不染，沿途中多少有飘落的树叶和残花，行至此处，江面上似乎连尘屑都看不到一粒，因行船看不见神龟峡的“神龟”全貌，但依旧觉得心旷神怡。

蒲花暗河算是真正的鬼斧神工。游船穿过黑暗的溶洞，伸手不见五指，在那之前，抬头能看见“天眼”，岩壁与岩壁的交错，刚好形成一只眼睛的模样，好像注视着每一位到来者。据说，之前的半山上是土匪的根据地，随着新中国成立之后全面剿匪的推进，他们才慢慢退出了此处山洞。人所停留过的痕迹，大概是“天眼”注视的内容之一，因年代久远，它便像是垂垂老矣的瞳孔，带了几分慈祥。当地人称其为“苍天有眼”，实则是天生三桥的两个天坑。到黑暗真正落幕，凉意便侵袭而来，与洞外完全不同，船夫打灯后烘托出了神秘的气氛，在溶洞内能看到钟乳的成形，完全富有另一种生机。常年不见光线的暗河，像是封存下来的历史段落，却无法在不见天日的场域中生长植物，所以这里的生命，是山石的生命；江水成为喂养的乳汁，没有生物的存在，才让它们有了特殊的力量，在暗处，随日月变化而成长，当然不会有高低长短的变化，它们的成长，是对顺着时间之河来访的人的一种旁观。

城镇与山间的差别是，城镇中的人往往忘记自己是属于自然的一部分，总觉得自己是主宰自然的领导者，高楼平地而起，地铁与公交，现代社会的一切发明，都是抛弃自然的；而一旦踏入自然之中，人就会立马感受到自我的渺小，并认清自己于地球、于宇宙的位置。

离开重庆久了，我总觉得自己对山石不会有太重的情绪，却还是因为神龟峡后的那段风景震撼了。行游的几日中，每一天都看到了“气象万千”四个字，又似儿时学诗朗诵，徜徉在高雅的韵律之间。我坐在濯水古镇的椅子上，喝了一小口茶，只是因为阳光太强，而稍稍眯了会儿眼睛，书是这个时候打开的，每一页都翻得很慢，那些嵌在白纸上的艺术，形成了山水，拉我入境，我突然又不想睁开眼睛，就像不愿踏出这万象绚烂的美景。

瞿塘深处有人家

向林

中国作协会员。畅销书作家，已出版《独白者》《捕心师》等20余部作品，其中《读心师》获得第二届全民阅读·全国书店之选十佳小说作品。

“石壁千重树万重，白云斜掩碧芙蓉。”阳春之际，笔者随同由生态环境部、中国作家协会组织的“大地文心”生态文学作家采风团走进长江三峡库区。沿途两岸崇山峻岭，树木郁郁葱葱，江水碧蓝如翠，高峡出平湖的诗情画意尽收眼底。

三峡大坝蓄水后的夔门依然陡峻雄壮。船过瞿塘峡，当见到北岸突然变缓、一片绿色盎然山坡地时，当地工作人员告诉我：“那个地方以前住着一户人家。”

我心里正感慨着，点头道：“我知道。我在那里住过一夜。”10多年前，我曾在三峡库区工作长达5年，其间正值三峡移民工作的关键时期。由于工作需要，我经常前往武汉、宜昌两地，路经瞿塘峡的时候注意到了那户农家。

那户农家孤零零地存在于瞿塘峡中段的地方，缓坡后面是陡峭的山壁。江边有一条小渔船。很显然，那就是这户农家通往外面世界的交通工具。如今已经是互联网时代，竟然还有人居住在如此闭塞的地方，过着几乎是农耕时代的生活，这究竟是一户什么样的人家呢？

带着困惑与好奇，几天后，趁着周末我乘坐水政部门的巡逻船前往那个地方。

那时候，三峡大坝还没开始蓄水，夔门高出江面近千米，威武雄奇。波涛汹涌的长江水像漏斗般挤入三峡，仿佛一个发怒的巨人，在瞿塘峡中奔腾咆哮，形成一个个巨大的漩涡和险滩。巡逻船的船速很快，不到半小时就到达了那户农家下面的江岸边。

江岸边有一条小石板路，顺着这条羊肠小道蜿蜒而上。空气中飘散着淡淡的粪肥气味，种植在小道两旁陡峭间稍微平坦地方的农作物青翠欲滴，长势喜人。

经过艰难的跋涉，终于到达目的地。眼前的农家小院非常普通，石块砌成的墙体倒是整齐，茅草铺就的屋顶下面铺有牛毛毡，防水效果应该不错。小院旁有几只鸡鸭正在欢快地觅食，陌生人的到来似乎惊吓到了它们，仓皇叫着一哄而散。我向里面喊了一声：“有人在家吗？”

不多一会儿，一位 60 多岁模样的老者出现在我们面前，他疑惑地看着眼前的我们，问道："你们是？"

我解释道："我们是县里面的，路过这个地方，顺便进来看看。"老者笑了笑："这倒是难得。快进来坐坐，喝口水。"

屋子里面有些昏暗，却是一眼可见的整洁，特别是里面靠墙处的那排书架更是引人注目。眼前的这位绝不是普通人。想到刚才老者的言谈举止，我心里面已经有了一个比较明确的判断。

没有做过多的寒暄，我直接问道："老人家，您家里其他的人呢？"

老者道："孩子们住在县城，这里就我一个人。"

我注意到桌上的煤油灯，诧异地问："这地方的条件这么差，您怎么不跟着孩子们去县城？"

老者摆手："我喜欢这个地方，清净，空气好，没事种种地、喂喂鸡鸭，晴天还可以去江边钓钓鱼，自由自在的，多舒服。"

这倒是。不过我还是有些替他担忧："可是，万一您有个三病两痛怎么办？"

老者拿出一部老年手机："可以打电话呢，就是信号稍微差点儿。"

“我喜欢这个地方，清净，空气好，没事种种地、喂喂鸡鸭，晴天还可以去江边钓钓鱼，自由自在的，多舒服。”

我打量着四周："这房子好像没有修建多少年吧？您是什么时候搬来这里的？"

老者道："我以前住在大窝村，搬到这里三年多了。"

大窝村？我知道那个地方。20世纪50年代，当地政府在那里建了一家硫黄厂，后来成为当时中国西南地区最大的硫黄生产基地之一。硫黄厂的建设带动了当地经济的发展，也为当地村民提供了就业机会。然而，随着时间的推移，硫黄厂的废气、废水和固体废物的排放，严重影响了当地的生态环境和村民的健康。同时，硫黄厂的生产也面临着市场的变化和技术落后等问题，逐渐失去竞争力，不得不走向关停的边缘。我似乎有些明白了："您以前在那里是做什么工作的？"

老者苦笑："我原本是那里的小学教师。"

原来如此。这位老者多年来在大窝村遭受污染之祸，于是就找了这样一处山清水秀、世外桃源般的地方。这一刻，我虽然心里有些不忍，但不得不提醒道："老人家，三峡大坝即将蓄水，这个地方可是属于必须搬迁的范围。"老者点头："我知道，我只是想尽量能够多享受几天这里的清净。我已经和孩子们说好了，下个月就搬去县城。"

老者的淡然让我肃然起敬。为了三峡工程的建设，先后将有近百万人移民，这在世界水利史上亘古未有。在此之前，我曾经常深入到待迁移民家里了解情况，深知他们对故土的深深眷恋和不舍之情，正是他们巨大的牺牲才使得三峡工程建设的各项工作顺利实施。眼前这位老者就是他们当中最普通的一员。

我想和这位老者好好聊聊。于是跟同行人员说："你们明天来接我吧，我想在这里住一晚。"

老者很善谈。这天晚上，瞿塘峡的风刮得屋顶"飒飒"作响，老者温了一壶高粱酒，我们就着腊味和水煮的新鲜蔬菜一边吃一边闲聊。

"你知道我为什么要搬来这里吗？"老者问我。"为什么？"我不想妄作猜测。

"因为郦道元的《三峡》。"老者感叹着开始吟诵："自三峡七百里中，两岸连山，略无阙处。重岩叠嶂，隐天蔽日，自非亭午夜分，不见曦月。至于夏水襄陵，沿溯阻绝。或王命急宣，有时朝发白帝，暮到江陵，其间千二百里，虽乘奔御风，不以疾也……"

也许是酒精的缘故，我也很激动："春冬之时，则素湍绿潭，回清倒影，绝巘多生怪柏，悬泉瀑布，飞漱其间，清荣峻茂，良多趣味。每至晴初霜旦，林寒涧肃，常有高猿长啸，属引凄异，空谷传响，哀转久绝。故渔者歌曰：'巴东三峡巫峡长，猿鸣三声泪沾裳。'"

老者流泪了，感叹："由此可见，千载以来，农业文明中的三峡植被丰厚，江水清澈，如诗如画。"

我看着老者：“时过境迁，如今已经是大工业、互联网时代。”

老者喟然点头：“我知道。这一切都是为了我们的子孙后代。”是啊，一切为了子孙后代。

这天晚上，我和老者喝酒到深夜。我们聊到了刘禹锡、李白、杜甫、苏东坡，吟诵着他们的诗句：

“杨柳青青江水平，闻郎江上踏歌声。东边日出西边雨，道是无晴却有晴。”“朝辞白帝彩云间，千里江陵一日还。”“三峡楼台淹日月，五溪衣服共云山。”……

轮船已过瞿塘峡，曾经的往事依然萦绕在心头。陪同人员见我一直眼睁睁地看着远处的江岸，问道：“您是不是还想去那个地方？”

我摇头，说了一句让他感到莫名其妙的话：“幸好你们这次安排了我们去大窝村。”

如今的三峡库区，乃至曾经污染非常严重的大窝村都已经发生了巨大的改变，旧貌换新颜。

为了改善大窝村的环境和保护村民的健康，当地政府依托自然资源，通过多元化和复合式的经营方式，发展有机蔬菜、水果、莲藕、竹笋、茶叶等生态农业，并与休闲观光、渔业养殖、林产造材、生态养殖等相关产业紧密结合，形成了年收入过千万元的完备产业链。同时，推动形成了高效、绿色、生态、健康的生产方式和生活方式，实现了居民收入保障和生态保护的“双赢”。

是啊，一切为了我们的子孙后代。我转身朝瞿塘峡方向看去，心中默默地对那位老者说道：您说得真好。

回龙春语

吴佳骏

《红岩》文学杂志社编辑部主任，重庆文学院签约作家。发表散文作品逾两百万字，入选各类年度文学选本数十种。主要著作有散文集《小魂灵》《小街景》等十余部。曾获人民文学之星文学奖、冰心散文奖、丝路散文奖等奖项。

三月的小雨，好似长着四月的脚，幻想朝岁月的深处跑，跑到五月或六月，乃至八月或九月去，直到将自己跑成另一朵云，云之上的蔚蓝，蔚蓝之上的天空。这是雨的回乡之旅。我站在骑胜村的三岔路口，仰头看见了奔跑的雨，低头却看见了自己。我跟雨一样，也正走在回乡的途中。雨在天上，我在地上；雨在天上寻找家园，我在地上寻找家园。

春风睡醒了，从草木的身体里钻出来，披一件绿薄衫，想为我和雨引路，但它不知道先带谁。先带雨吧，它怕我待在原地迷失自己。毕竟，我脚下的路，已经将我抛弃多年。不管我朝哪个方向走，都可能偏离我渴望抵达的地方。先带我吧，它又怕雨在飘飞的过程中魂飞魄散，最终落入河流的怀抱，再也无法返回天堂。我理解春风的善意，不然，它绿不了那么多的江南岸，也裁剪不出那么多的尖细柳叶。雨也觉察到了春风的为难，逐渐变小了，它试图以隐身的方式，让春风心安。我被春风感动了，也被春雨感动了，羞怯地转过身，朝一片田园走去。我不想给春风造成尴尬或负担，我选择自己带领自己，哪怕像一个熟人带领一个陌生人。在通往诗和远方的道路上，唯有自己给自己引路，才可能走过一生的安宁。

田园无语，沉默如三月。远处的山脉顶端，飘着大朵大朵白云。每一朵云上，仿佛都住着一个天使。这让我想起若干年前，有一个饥饿的乡村少年，站在干裂的田埂上，仰望云朵的情景。他将每一朵白云，都想象成棉花糖——幻想也可以充饥。嘴角流出的口水，打湿了身旁的野草。我不知道，在那一刻，上帝是否也看见了这个少年，是否也看见了少年看见的棉花糖。如果看见了，那么在上帝眼中，那一刻的云朵，到底是棉花糖呢，还是凝结在天空中的霜花呢?

我看着白云，想着白云的心事。那些云朵，是刚才隐身的雨吗？雨藏在云中，像眼泪藏在眼眶中。有时，人的眼眶泛潮，说不定正是雨在云中喊疼呢。我朝四下张望，看能不能找到一把梯子爬上去，将雨从云中解救出来。实在解救不了，那就将云朵移开一点点，给阳光留条缝隙，让温暖来抚摩大地和人间，也来抚摩这片世外田园。但我找不到梯子，我能找到的，只有路边的那棵大树。那棵大树是何时来到田园的，我并不清楚。它粗壮的枝干上，既没有标注出生年月，也没有镌刻时间密码。树只按照树的方式生长，从来不会去操心树之外的事情。它不会把自己假想成一朵花或是一株草，要去换一种活法。更不会想到去扩张地盘，把丫枝伸向田园周遭，把春色全覆盖。它明白自己是来点缀而不是来占有田园的。我欣赏这样的树，那我干脆将这棵树当作梯子可好？我走到大树底下，伫立良久，没敢攀爬。我担心自己爬上去，就会变成一只鸟，还会在树上筑一个巢，将思想的蛋下在窝里，孵出数不清的烦恼。倘若那样，我非但救不了雨，就连我自己也救不了。更不可能去将云朵移开，把光芒和温暖接引到地面，变成火种，点燃植物和动物的梦想。

于是，我只好从树下走过，不再去回想云和雨，也不去回望树，只把自己交给田园，好比把一件旧农具交给土地。在此之前的许多个夜晚，我都做过相同的梦——独自走在一片田园上，田园的左侧开满了鲜花，右侧落满了白雪。我走在中间，遭到了鲜花和白雪的挤压。鲜花想把我变成白雪，白雪想把我变成鲜花。它们一边来自早春二月，一边来自隆冬二月，而我恰恰走在三月的过渡地带，无论朝后走还是朝前走，都走不成季节的宾客。眼下，我从梦中的三月走入了现实中的三月，但现实中的田园已不是梦中的田园。与梦中的田园相比，现实中的田园更富有梦幻气质。

顺着田园朝里走，映入眼帘的是一个乡村篮球场。篮球场的绿色铁丝网上落着一只鸟，在东张西望。那只鸟，应该也是鸟类中的运动员，只是有可能是退役了。因为我在瞥见它的瞬间，感觉它还带着满身的伤痕。或许正是这伤痕，使它不再过问鸟类的事，只愿跑到人类的赛场上来观看竞技，借此回顾一下自己那残酷的辉煌时光。只可惜，那天没有赛事活动，留在村中的人，都到田间地头忙碌去了。即使没有忙碌的眼下，我从梦中的三月走入了现实中的三月，但现实中的田园已不是梦中的田园。与梦中的田园相比，现实中的田园更富有梦幻气质。

人，也以忙碌的名义，去了比远方更远的远方，开始了比忙碌更忙的忙碌。我不知道这只鸟在这里等待了多久，看得出，它有些失望——没有受到人类的待见。鸟儿不会明白，对靠天吃饭的农人来说，永远有比打球更重要的事情去做。我很想走过去，劝鸟儿回到鸟的世界去。人类的赛事，远不如鸟类的赛事精彩。看穿了，会觉得毫无意义。可我刚要挪步，球场上就跑进去几个大人和小孩。鸟儿突然精神抖擞，以为运动员在热身了。可看了半天，却发现他们并非是来打球的，不过是几个受伤的大人在安慰受伤的小孩，受伤的小孩又反过来安慰受伤的大人。鸟儿摇摇头，奋力飞走了，朝着季节以外的地方。它那孤绝展翅的样子，仿佛一个无家可归的人，正在退隐江湖。

送走了鸟儿，我绕过篮球场，来到土丘上的两座小木屋。木屋刚刚建好，还没有住过人，只住过白天的太阳、夜间的月亮和星光。偶尔，几只流浪的小昆虫会爬进去，举办一场演唱会，把自己唱得魂不守舍。我推开小木屋的门，试图把自己关进去，再也不要出来。我愿意成为这片田园的守护者。遗憾的是，那扇门能够关住我的肉身，却关不住我的想法。我的想法就卡在门缝里，既成不了室内的门闩，也成不了室外的铁锁。

那么，还是将木屋留给天地好了。我作为天地间的一个过客，只得继续赶我的路。路在田园上弯弯曲曲地延伸，我在田园上曲曲弯弯地前行。我好想把路走直了，可我的脚印从来就歪歪扭扭，像许许多多田园之人的命运。再怎么小心翼翼地走，也没能把生活走成地平线。每走一步，都好似踩着痛苦的记忆。

路旁的豌豆荚怀孕了，蚕豆也怀孕了，有位农妇正在给它们做护理。她时而摸摸蚕豆荚，时而摸摸豌豆荚，那种喜不自禁的表情，宛若摸着儿媳妇的肚皮。我没有见到这位农妇的儿子和儿媳，不清楚她是否已在享受含饴弄孙的晚景。我从她身旁走过，她并没有正眼看我。她的注意力，全在护产上。这个土地上的接生婆，想必给不少植物接过生。经她的手诞生的孩子，足以将她喊成一个白发奶奶。

路的拐角处，有一片鱼塘。奇怪的是，里面并没有鱼，只有成串的水草，在搂着池水的腰。水草和鱼，都是爱水的。离开了水，它们都没法活。也就是说，鱼和水草，一直在争夺爱。我猜肯定是鱼看见水草将水缠得那么紧，绝望了，才主动离开池塘的，不是说有一种爱叫作放手吗？但我分明觉察到，这口池塘里的水长满了皱纹。也许在鱼离去的那天，水的灵性和活力就死了。可见爱并不是一种捆绑，而是一种成全。乾坤间所有的爱，莫不如是。

池塘正对着的，是大片油菜地。油菜花期已过，全部结了籽，此前的金黄色变成了翠青色，这是花的逆生长，也是花的缩骨术。唯有退回子宫，花的美才不会凋零。那些成群结队蜂拥着去看油菜花的人，不懂这个道理。自以为看见了菜花，就看见了美的遗传基因。现在那些人不来了，只剩下美的阵痛，在田园里蔓延。他们不来，不是美丧失了，而是美将他们抛弃了，多么可怜、可悲的人啊！

被油菜地簇拥着的，还有一座小院落。现今这座院落已经不住人了，只住三分春色和七分尘土。院落的墙壁上，贴满了照片。照片上的人，都是从这个村落走出去的佼佼者，年轻的面孔上写满了家乡的故事。看着这些朝气蓬勃的脸，让我想起另一位也从这个村落走出去的人。他离开家乡时，年龄与他们相仿。此人名叫杨国良，据说他离开故乡那日，满园的高粱映红了天。他的母亲目睹他离去的背影，涕泪滂沱，追上去问：“我儿啥时回来？”杨国良转身答道：“等下一季高粱红了，儿就回来看娘。”可他这一走，竟令他母亲肝肠寸断。高粱红了一季又一季，却始终不见杨国良的身影出现在故园。他的母亲不死心，在每一季高粱红了的时候，都跑去村头守望。哪承想，她最终等来的，只是一张死亡通知书——她最疼爱的儿子，早已在上甘岭战役中牺牲了。

从小院落出来，西方的天空竟然飘起一朵红云。我在红云的映照下走着，感觉眼前的满园春景都飘动着红绸缎。那绸缎与高粱一样红，跟血一样红。虽然现在还不到种植高粱的时节，但我相信，高粱从来都是在这片故园上生长。它的生长，不是在报答土地，而是在等待一个人的归期。植物也好，动物也好，人也好，都是需要家园的。活着的人在寻找家园，死去的人同样在寻找家园。

谷雨，我在大井村慢跑

蒋春光

中国作协会员，原重庆日报主任编辑。四川省巴金文学院优秀小说奖获得者。出版有小说集《香渡》。

一

谷雨。重庆垫江，高峰镇大井村。上午大雨转中雨，中午雨歇，下午晴。

空气被雨水洗过了。乡村的空气不洗也洁净。洗过之后，洁净得让人险些醉氧。

想象那一阵急雨把空气中的粗大颗粒带向地面；然后中雨的绵密雨脚又把残余的微尘裹走。空气被雨水反复揉搓漂洗之后，变得异常通透明亮。你当然看不见它，只能通过远山清晰的轮廓来感知它的存在。

你也可以想象它是无数张触碰不到的网，轻轻地降落在村庄的上空，降落在一望无际的庄稼地里，也降落在静水深流的龙溪河的河面上。

这种带有丝丝甜味的空气，混合着庄稼的气味、橙花的香味、树木和青草的气味，将在此长期驻留，滋养着来来往往的行人，以及在地里耕作的村民们。

二

在我看来，土地是分等级的。最高等级的土地，是生长庄稼的土地。

生长庄稼的土地，富饶而欢欣。她是那么温和、柔软，满身都是用来呼吸的气孔。她是一个健硕的母亲，养育粮食和蔬果，养育昆虫和微生物，给世界带来无限的丰富性，也让人类得以延续至今。

我对毁地盖楼有一种天然的反感——尽管有时是必需的。同样地，我看见土地长满庄稼，会产生天然的喜悦。基于这个原因，我喜欢大井村。在大井村，除了农舍，所有的土地，都长着庄稼（包括果树）。这才是乡村该有的样子啊。

谷雨时节的土地上，大部分庄稼都是新种的。苞谷刚匀过苗，娇嫩青翠；南瓜秧才垒上窝，小小的几片叶子；连片的水田里，新插上的秧苗，柔弱纤细，尚未固根返青。但要不了多久，在阳光雨露之下，这些庄稼就会一日盛过一日，蓬勃葱茏而健壮。最后灌浆、坐果，回馈给人们满仓的收成。

这就是土地的神奇之处：播下一粒种子，赐予百倍收获。

三

我们走在大井村的田间小路上。这种叫作田坎的道路，是所有道路里最为丰饶的。它是一个趣味盎然的小小生态圈，也是一条蜿蜒曲折的记忆之链，链条上缀满了许多人的童年往事。

在这样的道路上，一位成年人需要蹲下身去，把自己降回儿时的高度；或者坐上路沿，把脚放进田沟，把自己当成生长在田坎上的一株植物。

这样做了之后，你就和在此自由生长的小草、和急急行走的蚂蚁、和色彩斑斓的野花与浆果成了伙伴。它们慷慨地接纳你，用新鲜的野性气息将你淹没，让你感到既熟悉又亲切，一头扎进童年的快乐场景中。

那时候，你总是在这样的道路上闲荡，一边追逐蚂蚱一类的小昆虫，一边摘取路边的野莓和豆角。你还会和小伙伴们斗草嬉戏，一直玩到夕阳西下，树影拖得老长老长。家长的呼喊声从远处传来，你看见了自家屋顶冒出的炊烟，才发现肚子已经饿得咕咕叫了。

现在，我们从城市车流汹涌的大马路回到乡村的田坎，虽然时间短暂，却极富情绪价值，那种温情和感动，将会长久地存留于心灵深处。

四

虽然天已经放晴，但天空中仍然堆积着大大小小的青色和灰色的云团。阳光在云团间穿行，让一些云团透着明亮。一些没有云的地方，露出了高远的蓝天。天空光影变幻，倒映在穿村而过的龙溪河上，让河面变得妩媚起来。

清清的龙溪河是天空最光洁的镜子。云朵和蓝天，以及从云层里漏出的阳光，在河面上轻轻地摇晃，像摇着一河的青玉和白玉，以及无数闪烁的碎金。有时天空阴沉下来，龙溪河转成黛色，这时的河水就会变得沉静苍茫。

龙溪河河岸的缓坡，长满了厚厚的葎草。葎草之上，是一棵接一棵的高大雄健的枫杨树。枫杨树冠宽阔，粗大的枝条上悬着沁绿色的花序，像一串串喜庆的灯盏。也有少量楝树，同样正值花期，淡紫色的碎花散发出浓郁的香气。

清清的龙溪河是天空最光洁的镜子。云朵和蓝天，以及从云层里漏出的阳光，在河面上轻轻地摇晃，像摇着一河的青玉和白玉，以及无数闪烁的碎金。

有树木护卫和青草拥抱的河流，是村庄最适合精神生活的部分。它不但安放天空和云彩，而且安放人们的情思。当一位村民独自坐在青葱的河岸，面向远去的河水发呆的时候，他（她）心里最柔软的地方就对外敞开了，这是他（她）不想为人所知的秘密：有时是对生活的反刍，有时是对未来的幻想。如果没有这样的河流，他（她）只能枯坐于自家的屋檐之下，其感受怎能与此同日而语？

难以想象的是，此前的一些年里，龙溪河竟然是一条“臭”河。纸厂和养殖场废水直排，污染了河水和河岸的植被。所以，我对所有让龙溪河重获新生的人——那些决策者、出资者及劳动者，都充满了敬意。

五

谷雨次日。早晨7时左右，我在大井村的一户农家醒来，洗漱完毕，来到室外的村道上，开始慢跑。

村道平坦干净，春风拂面，橙花飘香。布谷和斑鸠的鸣叫从树丛和竹林深处传来，让我想起昨晚欢快的蛙声。这些小生命天真地歌唱，此起彼伏，遍布村庄，胜似世间最美的音乐。有这样的音乐伴跑，还戴什么耳麦？

三三两两沿路而立、有着洁白墙壁的农舍，庭院整洁，靠边停着小汽车。四周野花点缀。在这样的农舍间奔跑，好像奔跑在一幅水彩画中。

跑过菜畦，眼前是一幅农家风俗画：卷心菜阔大的外叶，护着中间卷好的圆球，翠白相间；四季豆的藤蔓，正沿竹枝攀缘；蕹菜浓密茂盛；土豆已将地面隆起，等待收获。有老人弯腰在卷心菜的叶片上捉虫，慢悠悠地，很有耐心，像是在和虫子捉迷藏。一只土狗跟在老人身后，一脸好奇地望着我。

这是当代中国村庄的真实图景。

村庄是安卧于乡村大地的一个秘密。春种秋收，土地一年 365 天变化无穷，这一切，都出自那些从村庄里走出来，有时默默无语、有时又说说笑笑的人。他们看上去平淡无奇，却是最好的土地规划师、种子助产士和庄稼收藏者。他们晚上在村庄里谋划一些事，做一些梦，然后白天来到地里，迅速实现它们。他们还在村庄里悄悄孕育生命，让村庄变得越来越庞大。

跑了半个多小时。天上云团开始聚集，预示着又是一个雨天。雨天好。谷雨谷雨，这雨是为稻谷下的哩。

乡村的麻雀

大窗

本名罗雄华，男，重庆合川人。中国作协会员，重庆新诗学会常务副会长，九龙坡区作协主席。在《诗刊》《星星》《人民日报》等报刊发表诗文千余篇。出版诗集三本，散文集一本。

乡村里，年轻人和小孩子越来越少，一代一代的老年人也越来越少。一栋新砖房旁，破旧的老保管屋像文物一般存在，两位老大爷站在房屋和稻田之间干涸弃用的水渠边，手拈两支烟交谈。我经过他们的视线。我们互相成为偶然而短暂的风景。

一阵一阵秋风，一缕一缕光线路过板栗树的阴影、竹林的罅隙、村委会办公楼前的桂花和篮球架。

乡村中的麻雀越来越多。

到处是麻雀，一群一群的。擦着人的身体落下，又起飞。

想起童年的故乡。那

时的麻雀，见了人就飞很远，警惕惶恐，侧身观察，它们胆小、敏感、脆弱，常常在黄昏归巢后梳理累累伤痕，夜深了、失眠了，也许会独自啜泣。然而为了觅食养家，一大早，麻雀就要收拾情绪擦干眼泪，再次从简陋的屋檐出发，每一趟出门都可能断腿折翅，甚至失去生命。

年轻时在璧山乡间上班的那段岁月，假期无聊，和几个刚认识的人去溪水边的树林里打鸟。整个下午，高度近视的我一次都没有瞄准，口袋空空地出现在女友面前，她笑道：你哪里像个猎人。

后来，我暗自磨砺技巧，凝神瞄准，果断发射，却迎来了禁止打鸟政策。我的好技术只能用在逢场天打靶上，一排排气球不断凋谢，那位可怜的老大爷叩头作揖求我别打了。人生往往如此，当你凭借一技之长，大展拳脚准备干一番宏伟事业的时候，恰好就会遭遇什么来拆卸你的踌躇满志。

有时是时代洪流，有时是个人机缘。

如今，乡间的老年人，相对于年轻时，粮食不再紧缺，脾气也要温和许多。他们站在逐渐缩小的晒坝边，看麻雀落下来，啄食苞谷、谷子，他们也不会吆喝驱赶，鸟儿也不必惊慌失措，它们心情愉快，表情松弛，从容踱步唱和。母亲像骂鸡鸭一样，骂那些贪吃粮食的麻雀。它们浑然不觉、不理，一门心思进食，有时还抬头看看善良的老太婆。竟然相看两不厌，有种相互依赖的默契。

在浮躁不堪的城市里，长时间匆忙地应对生活。人们用短暂的欢乐，战胜源源不断的忧愁，用怯懦逃避的方式，对付漫长的寂寥和无奈。因此，在业余时间，我选择山居生活。季夏归去，二楼的空调上方，竟然有个鸟窝，鸟窝里有三枚鸟蛋，小小的，褐黄色，表面有细致的斑斑点点，像极了儿时的记忆。在竹林的隐蔽处，茂密树木的最顶端才能惊喜地发现鸟窝。或许它们对空置的屋子足够放心，或许内心已然进化到以为可以人鸟同住，互为亲人。所以，安然进驻，替我们守护一段空寂的岁月。

那天，我小心翼翼地把鸟窝移到水塘边的枇杷树枝丫上，三四只鸟儿跟随着飞翔鸣叫，叫声急促凌乱，我听出了它们的不安和抗议。毕竟，人和鸟、人和人、人和所有动物终归有别，有纷争，只是，还可以缓和、包容，给对方以温暖。

屋檐下的燕窝，年年春秋都来往的一家人，它们南飞之后，我们守护着。开门、开窗，或登上楼顶，四周都是绿树，一层层浓郁淡远的水墨山峦，清澈波纹的水塘。

我们仿佛居住在丛林里，每天沐浴着清风，清晨在鸟声中醒来，在它们飞翔与停顿中，依稀可见我们的自由和幸福。

毕竟，人和鸟、人和人、人和所有动物终归有别，有纷争，只是，还可以缓和、包容，给对方以温暖。

官渡

王新程

土家族，重庆酉阳人。管理学博士，理论经济学博士后，环境资源法学博士后。代表作《大地与尘埃》。

草木

祖母活着的时候常说："一棵树，一根草，也是一条命。虽然走不得路，说不出话，但也会疼，会流血，流泪。"

我们听了总是忍不住笑。有一次，祖母火了，霍地从刀架抽下柴刀，抓住我的手作势就要砍。我吓得大哭。祖母气恨恨地说："还没砍就哭？你也晓得怕疼？那树们、草们，就不怕疼了？"

母亲对祖母这些神叨叨的论调不以为然。她说草木与人一样，各有各的任务，各有各的命。有的生来就是栋梁，有的只配进灶膛。有的让人掐花，有的让人摘果，有的给人剥皮。

整个冬天，我们都在砍阳雀树剥皮卖。阳雀树长在山尖山上。山尖山，是十几里外的王屋山上的一座石砫，又高又陡，三面是石崖，只有一条路上去。阳雀树长在崖上的石窠里，靠薄薄的腐土和落叶生长。说是树，其实是矮小的灌木，枝条繁茂，柔韧，皮绵柔，纤维长。烘干的阳雀树皮卖到供销社，一角三分钱一斤。

我和哥哥姐姐去山尖山砍阳雀树，清早出门，天黑了才回家，一人背一捆阳雀树。夜里母亲烧开大锅，把阳雀树枝折起放在水里蒸。等阳雀树枝蒸软，青皮变黄，姐姐就帮着捞出来，摊在地上，沥干水。我和哥哥姐姐接掉外面那层红色的膜，再轻轻一撕，阳雀皮就剥下来了。一大堆阳雀树枝，剥下来只有一小篮子树皮。母亲和姐姐把阳雀树皮放到火炕上烘烤，我和哥哥才疲惫地去睡觉。

剥过皮的阳雀树就像弃儿，光着白生生的嫩身子，堆在吊脚楼下。等晾干了，就是烧锅的好柴火。祖母抱柴火的时候，喃喃地说："早化灰，早投生，投生投到原先的根。"那语气像哄小孩子上床睡觉。

真如祖母所说，我们砍过的阳雀树，开春后又发起新芽。到四五月间，树上已开满吊钟样的小黄花，很好看。到了冬天，我们再去山尖山，见阳雀树长出繁密的枝丫，就像未曾被砍割过。

庄稼地边的林子里，有崖樱桃、羊奶子、野枇杷、山核桃、野板栗、刺梨子。这些山果，说不出来历，因为长在公地里，所以算是公共的。我们小时候饥饿时、馋嘴时，都会向山野索取，都有些迫不及待，恨不得搜干刮净。野毛桃还没红嘴，就摘光了。野柿子还没黄，就一竿子打净。还有些老树，像山核桃、斯栗子，长得高，够不着，扔土块也砸不到，就抱着树干摇，果子“噼噼啪啪”落了满地。这些不经栽培和耕耘，未曾被汗水浸泡的果子能饱腹、解馋，让人惊喜，简直是老天爷的恩赐。孩子们对林子里每一棵结果的树都很熟悉，熟谙它们生长的位置、脾性、汁水的多少、味道的酸甜，甚至记得它们的大年和小年。那些树在荒年，喂饱了人的饥肠，也慰藉了人的心灵。在最困难的时候，官渡人上山挖草根、剥树皮。枇杷树是首选，被剥了皮，炒熟磨面，帮寨人熬过了冬天。第二年春天，野枇杷如期开了花，枇杷黄时，笨拙的枝头支起一簇簇黄澄澄的枇杷，衬着五月的蓝色天空，感人至深。年景再难，毕竟人与草木一同挺了过来。大地一贯沉默，却不忘在朴素处给人以慈悲和恩情。

一个寨子，它允许一些树平白无故地长在路旁、屋边、地角、墙缝、院坝。这些树，有榛子、楠木、桂花。它们像穷亲戚一样长在寨子里，与人和牲畜互不惊扰，也互不指望。这些树，不知道是什么时候，是怎么嵌入寨子的。可能是启祖落业的时候先辈顺手植下的；也可能是一阵风把种子吹了过来；也可能是一只鸟衔着一枚种子飞过的时候，不慎落了下来；还有可能是另一棵树的根从地底下爬了过来，恰好在这里拱了出来，长出枝叶，成为一棵树，而原先那棵树，却老得不见了。总之，它们以各种各样的理由，在这个寨子里，毫无作为、无所用心地长着，一年年抽枝、长叶、壮干，鸟在树上垒了窝，树上又寄生了另一种树。有的树还一轮又一轮开了花，结了果，却没人留意到。除非树荫茂密到遮挡了屋瓦，人们会砍去一些树枝。又或是树根壮大，撑破了墙基，才会砍去那棵树。砍了也就砍了，过不了多久，砍去的枝条又长得围拢来。砍去的树根上，又冒出了新芽。这些都是命好且有耐心的树。因为无用，也无碍，可以在寨子里长到老，长到自己都懒得再活下去，巨大的树干空了心，里面藏得下两三个玩耍的孩童，寄生的树枝繁叶茂，树冠盖过了半片屋瓦。春天里，一棵树上开好几种花，风头和香气盖过了树本身。这些树目睹了一轮轮生老病死，因而通了些人性。寨子里的人们呢，也觉得它们是通了神，平时想不到，也视而不见，但不可不敬，不可指指点点，言语不可亵慢，不可指责。有的树过于古老，空了心，枯了半边枝丫，还被尊为神。这些是活得足够久远的生命。它们虽不言语，但承担了寨人与诸神的信息沟通的任务。如果花事繁盛，当年则五谷丰登。如果花开得萎靡，人们便要为一年的收成忧心忡忡。

这些都是有灵性的树。即使狂风暴雨电闪雷鸣，近旁的树被雷劈了枝丫，被天火烧焦，这些树也岿然不动。只是有一次，那时候我的祖母还活着，她老人家在河边的沙地里锄草，忽然雷鸣电闪，下起了瓢泼大雨。祖母扛起锄头就往回跑。跑到龙洞沟时，路边的老楠木树被雷电劈断了枯枝，落在祖母面前，拦住了她的路。祖母准备撅断枯枝，背回去当柴火。正当她老人家在大雨里忙活时，前面忽然传来更大的声音。她无比震惊地看见，路前方十来步远的地方，一片山坡像长了脚似的，泥石从半山上整片地塌陷滑下来，滑到路中间才停下。巨大的泥石堆在路面上。我的祖母惊魂未定，亲人一样抱着那根楠木枝，泪水和着雨水流了满脸。

几天后，祖母带了香烛，到救命的楠木树下，虔诚地道了谢。

相对于这些树来说，成材的树木，意义就更加重大了。这些树还长在地里，就已经被人惦记着日后是做房屋的梁柱，还是做儿女的家具，抑或做老人的寿材。

有一些树，因为一些特殊的机缘，承担了崇高的使命。做大梁的，被大木匠认定后，早早系上了红绸。等到柱、檩等这些材料都齐了，才被从山上请下来，一路不沾尘泥，请到家，成为栋梁。还有一些松柏，它们天生祥瑞，又恰好与一个上了年纪、安心准备退路的人相呼应。只要人硬扎地活着，树就得耐心地活下去，一棵树为一个人活着，一个人也为这棵树活着。那个人有时间了，就去那棵树下坐下来。风吹过，枝叶说话的声音，他都听得清清楚楚。这时候，人和树就像是一对兄弟。

哪家的日子不是靠有用的树木支撑起来的呢？一个儿子一栋房，一个女儿一套嫁妆，上百根木料，都得一根梁、一根柱、一块板，燕子衔泥样凑拢来。官渡人爱每一棵树，看树的目光里藏着温情，也藏着锋芒。这些树，生来就是为了献身。因为具有实用价值，所以，村里的树木经常成为纷争或者恩义的载体和缘由，为一棵树失义或者生恩的事时有发生。

春天里，什么是寨子的主角？是盛开的桃李。许多年来，我都没注意到官渡春天的花树。官渡的四季是以庄稼的耕种和收获为标志的。春天，菜花明亮的黄，小麦浓厚的绿，东一块西一块，高高低低地铺在村后的坡上。开在村寨中的桃李，却被人忽略了。它们长在院坝边，牛圈外，菜地旁。你看到一枝枝桃李伸到屋檐下，伸到院坝里，树枝头叽里咕噜冒出密密匝匝的蓓蕾。春天真是不计厚薄啊，再穷再辛苦的树，也有浑身劲头，抑制不住勃勃生机。白日里，人在坡上种苞谷，桃李花蕾在寨子里“噼噼啪啪”地绽开。从远山眺望官渡，你能看见绿树青瓦间浮起一团又一团粉的、白的烟霞，轻盈柔软得像要飞升。这情景让人格外感动。在春天，天下桃李都有相同的荣盛，都开了满树繁花。

贵州沿河盛产李子。我二叔从沿河洪渡岩万家回来的时候，万家送了两棵李子树。父亲和二叔把树并排栽在院坝里。李子树真是好树，易活，枝丫繁多，年年三月，满树繁花，到六月，青翠的空心李子结了满树，果子又脆又甜。日子艰辛，但一家人毕竟团聚了。兄弟俩互相帮衬着，把日子平静地往下过，直到兄弟俩儿孙满堂。2011 年，矮一点儿的那棵李子树，先露出衰老的迹象，花开得稀稀落落的，父亲就起了疑心。腊月里，二叔说喉咙疼，去寨子边的丛林里扯了把名叫“开喉箭”的药草来嚼，不知道是开喉箭的麻醉起了作用，还是心理作用，二叔的喉咙疼时好时坏。父亲约上二叔去重庆看望我的哥哥一家，兄弟俩再顺便做个检查。父亲没事，二叔的检查结果出来，是喉癌晚期。哥哥开车送父亲和二叔回家，一路上父亲心事重重，二叔却一无所知，只知道他的喉部因为缺碘，甲状腺肥大，就是早年常见的大脖子病。他说，回家后让二婶天天炖海带吃。

到了家，那棵李子树，竟有些枝丫从顶部开始枯萎。这时候，兄弟俩同时怀着心事，又都不言语。

二叔离世的时候，矮的那棵李子树，从根到枝，枯尽了。父亲让绪阳堂弟起了树，平了地，他坐在阶沿上看绪阳把那棵树抬走，人又老了十岁。

有些花的香气，对艰辛困顿的人心是一种慰藉。桂花、栀子是一种，柑橙花是另一种。我家屋后菜地边有棵青柑树，那棵树真大啊，树冠遮盖了半片菜园，树荫又伸过来覆盖了屋瓦。我后来到过许多地方，再也没见过那么大的柑橘树。青枝绿叶间开满玉簪一样雪白的花，那香气洁净、清冽、澄澈。许多年来，我都觉得那香气像是不知从哪儿飘过来的云，在五月偶尔歇在我家。那香气与树下的杂草、泥土里疲惫生长的禾苗、人和牲畜走过时路上溅起的泥泞格格不入。五月里，我们和祖母坐在橘树下。橘树满树繁花，花间缀满青橘。不知道这棵树从何处来，为何站在我家园子里，一时间有些恍然，不知道置身何处。蜜蜂在花叶间嗡嗡地鸣唱，提醒我们是在人间。

青柑又酸又涩，我们小时候一尝，酸得全身起鸡皮疙瘩。祖母说，青柑不是果子，是药。每年霜降后，祖母就带着我和堂弟绪阳打青柑切片儿晾晒。我和绪阳一人拖张晒席铺在院子里，祖母把刀板搬到晒席边切柑片。我和绪阳守在刀板边，祖母切一片酸柑儿，我们就把柑片儿摆在自家的晒席上。谁的手快，谁家晒席上的柑片就多。

青柑晒干后，祖母带着我和绪阳背到供销社去卖，换来的钱，给我俩每人买一只大麦饼，剩下的就充当我们的学费了。

青柑片卖到供销社后，又去了哪里？用来做什么？

我们一直不知道。

2012年，我到府右街一条深巷尽头的一家中药坊为岳父抓药。彼时，岳父已被结肠癌折磨得形销骨立，但仍不失尊严。那段时间，每当我在外应酬，遇到席上高营养的菜肴，我都不动一筷子，请服务员打好包，带回家给岳父吃。他每次努力地咀嚼，咽下去，又吐出来，再咽下去，又吐出来，最后长叹一声。西医的治疗方法对他的病已经失去了效果。朋友推荐了一位经验丰富的老中医——李老先生。我坐在老先生的药铺里，看着白发美髯的老先生亲自抓药，其中就有一味青柑片，散发出了我熟悉的寒香。

我很意外，向老先生请教："我以为，治疗沉疴必用猛药，而青柑是这样平常。您知道，我岳父的病……"

李先生说："青柑平常，因其性温，与身体相宜，能治百病。苦能泄燥，辛能散，温能和。同补药则补，同泻药则泻，同升药则升，同降药则降。"

我提着药包走出老先生的药房。我又想起老家屋后的那株青柑，隔着几千千米，它让我格外心安。

流水

河流从深山峡谷劈路而来，到了观音潭口，就舒缓开来，河水散散漫漫地流，形成一片宽阔的水域。

小时候，我听族里的老人说，当初先祖带着族人，沿着河的崖岸跋涉，一路披荆斩棘到了此处，看见河流开阔平缓，河水清澈，水中游鱼如织，两岸山坡碧绿，遂在此驻足。先祖在河岸搭建木屋，筑了稻田，造了水车灌溉，在河里汲水、戽鱼，在屋后的坡地种苞谷、土豆，繁衍生息，一代又一代。

那时候，河流还没有名字，河岸也还没有寨子。

春夏时节，河流水涨，常常淹没稻田和房屋。先祖的儿子成年后，把新屋立在了老屋后坡。儿子的儿子出生，长大成人，又把新屋立在父亲房屋的后坡。这样，一代又一代，半山坡就形成了寨子。房屋不断后靠，稻田也跟着筑到了半山腰。族人在半山腰的泉源处打井饮用，又引溪水灌田。先祖最初立在河边的老屋已经不见了。河边的沙洲和稻田也成了滩涂，废弃了。寨中人养殖禽畜，先前在河里戽鱼的生计，也放弃了。这个寨子，虽然临水而居，但与河流已经没有多大联系，寨中人也成了实在的山里人了。

一个寨子，如果没有一条河流经过，会是多么焦灼又不安的事情。试想，这个寨子，松松落落地散在一面山坡上，背后是山，前面是山；左边是山，右边也是山。村里的人和事，在草木荣枯和生老病死的旋涡里，越陷越深，越来越陈旧。

如果有一条河淌过，就不同了。河流带来上游的影子和气息，从村里流过，把两岸的疲惫和梦想映进水里，又流到下一个地方。一个地方如果有河流，就不是孤立的，它与上下游就是贯通的，这个村庄，就与更广阔大地上的万事万物有了联系。

水在低处流，水又往低处流。在一个村庄里，河流在下，田地、禾苗、房屋，一切都在河流之上。下河洗菜、洗衣服；下河洗澡、捞鱼。草木庄稼在河岸，一摞一摞叠到山顶。需要河水滋养的生命高高在上，生长、酝酿和结实，一切仰仗半山的泉水和老天的晴雨。

河流对一个村庄的作用是什么呢？它只负责到来，与人相互激荡，然后离开。

盛夏，庄稼和人都疲惫，河流也疲惫。只有河滩上的孩子，光着黢黑的身子，叽叽喳喳，梭子一样钻进水里，激起高高的水花，过了一会儿，又从另一处冒出来。再钻进去，又冒出来，为这个疲惫的乡村增添了生气。这些梭子一样精瘦灵巧的小小身躯，在漫长的成长岁月里，不停地在河里沉浮，从水里获得或者舍弃。他们的命运与河流相互纠缠。有的留了下来，有的顺水漂流。

我在这样一条河边出生和成长，幼年至少年，所有的梦都贯穿着流水的声音。年轻的时候，我站在岸边，看河流日夜不停地拍着河岸匆匆流逝。我曾经以为，对于官渡滩，河流是奔流不息的过客。当我年过半百，看着族人一个接一个老去，又一个接一个离去；年青一代一个接一个出生，一个接一个长大。目睹了许多生老病死，经历了许多离别相逢，才明白，只有流逝才是永恒的。人只是河流永恒的过客。是的，星空和大地教给我永恒，四季教给我轮回，而河流，教给我流逝才是世间最根本的事情。多年以后，当我回望故土和亲人，回望一条河流流经的岁月，心里就会涌起湿漉漉的忧愁。妻子说这就是乡愁。乡愁是轻盈的，具有审美主义的质地，是闲愁的一种。而我的乡愁，因为这条河流，以及河流两岸的土地，沉痛且悲伤。

一个村庄的生活，是相对孤立的，是片段式的。是河流让一个村庄与其他地方连接起来，并形成难以解释的因果关系。河流带来上游的消息。有时候水浅了，是上游旱了。有时候，官渡滩风和日丽，风平树静，河里却浊浪滚滚，从上面隘口卷着波浪奔流下来。过了隘口，河面开阔了，流水散漫，洋洋洒洒，水面浮着木柜、衣被、晒席、柴火，还有猪羊或者鸡犬。有时候，水上漂浮着人，衣衫散在水面，一漾一漾的。官渡人站在岸边，不住地叹息，说，上游的董河或是宜居，又有一户人家散了。

像一切居住在河流岸边的人，对河流冲下来的浮财，都怀着意外的惊喜。耕种太艰辛，有不经劳苦而来的东西，为什么不抓住？

有一年端阳，河里涨大水，上游漂下来一批浮木。那一年，我的一目睹了许多生老病死，经历了许多离别相逢，才明白，只有流逝才是永恒的。人只是河流永恒的过客。

位三十二岁的堂叔，正为建筑新房子四处筹措木材。堂叔一大早就扑进水里忙活，捞起一根又一根浮木，凫水到岸边，递给他的弟弟，晒在太阳下。

那天堂叔收获丰硕得很，河岸上摆了一堆木材。他看了看，差不多了，堂婶煮的粽子也该熟了。他抱着一根浮木，往岸边凫。这时，一根更大的浮木逐浪而来，撞在了他后腰上。堂叔撒了手，向前一扑，沉进水里。他的弟弟在岸上看着，心想哥哥水性好得很，在水里扎个猛子，不一会儿就能浮上来。等了好一会儿，也不见人浮上来，只有那两根木头在水里一漾一漾的，一时聚拢，一时又散开。他的弟弟这才回过神来，大声呼喊哥哥，这时候，更大的波浪挟裹着浮木、牲畜、衣被下来，漂在水面上，久久不肯顺着河水流走。

我常想，这些浮在水面的东西，顺水流到下游的香树坝、一两丝，进入小河，到了五堆、沿河，最后进入乌江。岸边会不会有人，像堂叔那样，跳进水里，舍生忘死，最后顺水漂流？

这是激流中的董河。

除去洪波汹涌的时候，董河平日顺和平静。老婆婆们在河边捶洗青麻。母亲和婶娘们在河边洗红薯、洗洋芋。姐姐们在河边洗衣、洗菜，整个冬天，满手都是麻皴子。听见有人叫，她们应声回过头来，红扑扑的脸上是温和安静的笑容。这是那条河给我的安慰和温暖。

一条河流，给予男人的乐趣远多于女人。男人们在水里洗澡、捞鱼，孩子们耍水。一到夏天，两岸的男孩就整日泡在水里，抓螃蟹，摸鱼。河里满是鱼虾，人却没有吃河鲜的习惯。即使在荒年，村里人啃光了树皮草根，甚至有人饿死，纯良的官渡人都不曾从河里打鱼上来活命。

我小时候没少挨饿，也不吃鱼虾和螃蟹。虽是好东西，但缺油少盐，腥味重，闻着气味就吐。但铜西场上的人吃鱼。他们有多余的油，把鱼煎得焦黄，把鱼汤炖得又香又浓。孩子们在河里摸到了鱼，就飞快地穿上衣裤，用细篾丝把鱼穿成串，提在手里，走十来里山路，到铜西场去叫卖。见到工作同志模样的人，就跟在人家屁股后面，一边走一边问："要鱼吗？刚从董河摸上的鱼，瞧，尾巴还在摆呢。大的五毛，小的三毛。要鱼吗？"

我一生也不敢告诉父母的一件事是，在童年，我曾为一点儿小利舍生忘死，差点儿送了性命。

夏天，久不下雨，河水消了，中间就露出一片沙洲。十一岁那年暑假的一天，我就在沙洲的一侧用石头筑了坝，留一个窄窄的决口，用竹子编成一个梭子箭船，安在决口处。箭船是我跟哥哥发明的捕鱼器具。河水哗哗地流，鱼顺着河水游进箭船，回不了头，困在箭船里扑腾。运气好的时候，两三个小时，就能捕到十多斤鱼。

安好箭船，天晚了，我就卧在沙洲上守鱼。河水拍着沙岸，发出轻微细碎的声音。前面是水，后面是水，左边是水，右边也是水。我仰面躺在沙洲上，像躺在轻轻晃动的船上，不一会儿就睡着了。两岸的灯火都熄灭了，星空高远，夏虫繁密。谁都不知道一个 11 岁的少年躺在夏夜的星光下，梦里全是活蹦乱跳、闪着银光的鱼，不断跃出水面，在星空飞来飞去。

是冰凉的河水鱼嘴一样啄着我的脚背，我才醒过来。醒来愣了一会儿，才意识到是在河里。箭船已经不见了。河水快速上涨，不一会儿就漫过了沙洲。又一个浪头打过来，我跌进水里，呛了一大口水。我想站起来，本能地用脚踩地，但已经踩不到底了。河水越来越深，水流越来越急，我拼命地朝着岸边游，却被波浪打回水中，大口大口地呛水，又死命地凫出水面。我爬上岸的时候，裤子没有了，背心也被撕成绺绺。我横趴在路上喘气，心想被父母知道了非打死我不可。趴了好一阵，缓过劲儿来，我站起身，光着身子进了院坝，推门进了屋。父母的房里响着鼾声。我摸索着进了我跟哥哥的房间，站在床前，牙齿咯咯打着战，全身筛糠一样发抖。哥哥醒了，在黑暗里问："搞到着没？"我颤抖着说："起先是搞到着了，搞到了两条大鱼。我去捉，没捉住。最后，遭滑脱了。"哥哥说："大鱼就爱打滑，捉不住，你说日怪不？好东西都打滑，捉不住，没得意思。"

朝朝暮暮，河流流淌，荡涤，同时滋养浸润着两岸。然而，一切流逝的东西，人们都听之任之，信奉和崇尚的，却是岸边稳固恒常的事物。官渡人供奉的是土地、巨石、老树、古井、祖屋，还有埋葬先人的，在树下或者地边一年年老去的坟墓。而打算放弃的，准备告别的，想要遗忘的，就带到河边，或者放在河上，任它顺水漂流。

河水散散漫漫地流，流了两三里地，流过官渡，到了寨子下面的白杨滩那里，两岸山崖向中间围夹、收紧，河道断了，河水轰隆隆进入氽洞，不见了。要翻过白杨山，才能看见河水从山脚一个洞里涌出来，像是一条新的河流。

我的父亲，一位略识文字的农人，常常翻着家谱数给我们看，在二三百年里，官渡滩王家有哪些人沿着河岸向下，从白杨滩那里上山，去往外面的世界。那些人里，有做官的，有背脚的，有抓丁的，有念书的。父亲提起他们的名字，总是说："山高有柴烧，路远有米吃。"

我离开故乡三十多年了。三十多年中，每年都回家几趟。如今，河水浅了，河上架了大桥，河两岸也高高低低起了些新楼。岸边的田地里，还是长着谷子、苞谷、红薯、洋芋。水井还在汩汩流淌。河的右岸睡着我的外婆，左岸睡着我的祖母和母亲。我的父亲一个人住在老房子里。他的耳朵听不见了，眼睛还好。一提起母亲，他就沉默不语。河流教给我，流逝是世间最根本的事情，在一切流逝中留下来的，必定经历了千辛万苦。

山谷里的回音

杨永平

重庆市丰都县作家协会会员，作品散发于《散文选刊》《星星》《散文诗世界》《福建文学》《重庆晚报》等报刊。

每天清晨，最早醒来的是一只白得透亮的大白鹅和三只灰麻麻的鸭子。它们的叫声有力透纸背的穿透力，仿佛一夜沉睡后醒来的山鹰，要把最美的歌声唱给还在熟睡中的人，把夜晚还给夜晚，把白天还给它们的自由。觅食和歌唱、追逐和嬉戏才是它们一天中的乐事。

羊是安静的，这种静，近似于山谷里无望的回声。它们整夜整夜地咀嚼，即使闭上眼睛也没忘记。它们要把一天中所有的心思都用这种方式来回味。那些忧愁的、孤独的和群羊斗殴打架的争风吃醋，但记得快，忘得也快。

羊的住处是主人精心打造的近3米高的一个“小

阁楼”，下宽上窄，但是可以让它们高枕无忧。“阁楼”临水而居，有风穿楼过。“小阁楼”里到底住了多少只羊，我问过主人，他说最多时有70多只羊，密密麻麻的一大片，各种颜色都有，大小不一。

羊的主人是一对比羊还憨厚朴实的老年夫妻。他们不懂穿衣搭配，也不知道外面的世界日新月异。他们不需要懂这些与他们无关的事情，只关心每日用玉米加土豆或红薯给羊群加餐，像饲养肥猪一样饲养羊。这样的过程会耗去主人小半天的时间。吃饱了的羊群会更加安静地躺在“小阁楼”里闭上眼睛养神、打坐或做梦，连咀嚼和呼吸都带有节奏性或跳跃性。羊群的养尊处优也会加速膘肥体壮，连皮毛都像是从水里打捞出来一样，丝滑般柔顺、光亮，充满弹性。而这样的幸福时光，会一直持续到它们生命的终结。

时间是个加速器，日上中天时，大山里的光线早已被树荫遮盖，一半明媚，一半清幽。这时的羊群经过长时间的休养生息，会在主人的一声吆喝声中醒来，齐刷刷地向外奔突。不用主人指点，它们知道今天去沟那边的阳山上吃草，明天去沟这边的阴山上溜达。这浩浩荡荡的场景会惊醒春日山雀的幽梦，也会惊扰到夏日蝉鸣的欢愉，而冬雪与秋草会让羊群在时光中边走边忘，边忘边记。

羊群在山坡上吃草的时候，牧羊人会在比光阴还要沧桑的石板上打盹儿或哼唱几句不着调的山歌，它们也会偶尔回头看着主人沉醉其间的样子，觉得好笑，又很可爱，会“咩咩”地叫上几声作为回应。不管是沟这边还是沟那边，山野空旷无边，尤其春夏的青草绿到让人怀疑它的真实，但羊群却知道这满坡满坡的真实存在，知道这是上天的恩赐，也更加珍惜这一岁一枯荣的寸草寸心。它们吃饱了，喝足了，会躲在树荫下或石板上睡觉，羊妈妈也会敞开肚子给小羊羔喂奶，或舔舐它们的皮毛。而那些荷尔蒙旺盛的雄羊也会在大庭广众之下追逐或打闹，不亦乐乎。

我小的时候家里也养过一只羊，这只羊是从哪来的已记不清了，白得透亮，白得鲜明。在那个缺衣少穿的年代，连坡上的草都不爱长，总是青黄不接，枯黄枯黄的。我放学后的第一件事就是牵着羊去后山上边砍柴边放羊，感觉羊总是吃不饱，一直不停地在山坡上这里啃一下，那里啃一下。饲养了两年多，也没见长很大，最后却被野猫尿给胀死了。对于羊，我是心怀愧疚的，以至于现在看到羊，都会心生歉意。

羊啊，这些被牧羊人用心抚摩过的羊，这些在山间如风一样自由的羊，这些能抚慰主人独孤和寂寞的羊，这些干净而纯粹的羊，幸福而美好地生活着。

太阳落山了，羊群会集体驮着最后的夕阳回家，只有在这时时，大山里是喧嚣而闹腾的——三两只鸭子和大白鹅的叫声，羊群拥挤着回圈的吵闹声，回荡在山谷里，清脆而嘹亮。羊群在公路上奔走带起的风声也会隐没在山间的旷野。夕阳落下后印在墙上的余晖以及孤独缭绕的轻烟。仿佛曾经热闹而欢欣的画面又回来了，只是这样的场景瞬间又被黑暗淹没。

羊群经过溪沟时，会集体匍匐在沟里喝水。曾经宽敞无边的溪沟是清亮亮的，水是地底下冒出来的山泉水，像接龙一样，一节一节地汇聚成泉水叮咚响的轻音乐，清冽而甘甜。如今，溪沟两边的野草和杂树枝疯狂地往沟中间长，像耄耋老人的胡须，杂乱而枯瘦，但羊群却不知道，为何溪沟越来越窄，溪水越来越细小如线。它们喝一口，又停顿一下，然后继续喝，仿佛在等一个永远没有悬念的答案。

大山里埋藏着很多故事，陈旧得早已失去往日的意义了，而说故事的人也成了故事中的往事。可我们的羊，却在以另一种方式诉说曾经的过往与现在的落寞——闭上眼睛，悠然地细嚼慢咽，每一次咀嚼都是对往事的回味。

我相信羊是有灵性的动物，是有慈悲心的，也是流浪的诗人和哲学家。它们眼睛里有清澈的微光和不卑不亢，能洞穿尘世间的悲凉和欢喜。它们“咩咩”的叫声让人踏实和温暖。不管大山里有多么寂寞难耐，它们也总是安静地匍匐着、行走着、咀嚼着，独守孤寂与落寞。

一位游牧诗人深情地说：“羊是北方的眼。”这富有哲理的感叹，深邃而辽阔。可在草木葳蕤的南方，羊却更多的是智慧和温暖的化身。它们宿命般的一生，通透而豁达。有了羊，大山里就有了连绵不断的回响；有了羊，那条路就有了回去的理由和希望。

我相信羊是有灵性的动物，是有慈悲心的，也是流浪的诗人和哲学家。它们眼睛里有清澈的微光和不卑不亢，能洞穿尘世间的悲凉和欢喜。

翩飞的鹭鸟

“咕咕——咕、咕——咕咕——”随着徐家清老人略带沙哑的呼唤声响起，伴随他一上一下的手臂摆动，数百只苍鹭、白鹭呼啦啦从茂林修竹顶端飞腾而起，继而扑打着翅膀在老人家青瓦红砖农舍上空盘旋，鸣叫，呼应。好一幅闲适自在的《百鸟图》。

呀！不好，有什么东西在我头上“软着陆”？同行的小姑娘娟子叫喊道。她伸出巧手让我们看，原来是刚才天“鹭”散花撒下的白色粪便。

哈哈……哈哈哈……院落里又洒满了开怀的笑声……

徐文峰

重庆市作家协会会员，重庆市梁平区政协党组成员、秘书长，梁平区作协名誉主席。

一

徐家清夫妇的院子坐落在梁平区风景旖旎的龙溪河畔——云龙镇东平村2组。

徐家清个头儿不高、体形较瘦，手上的青筋凸起，是一位典型的农家人。

说起徐家清与鹭鸟这群“不速之客”的缘分，还得从20年前梳理。

2002年，改造后的龙溪河两岸草长莺飞，鸟语花香。3月的一天清晨，一阵咕咕、咕咕的鸟鸣声将徐家清唤醒，这种奇怪的鸟叫声明显不是一两只。他匆匆地起床，披衣，出门，探查。哟哟哟——几十只“大鸟”在天空盘旋，它们欢快地鸣叫着，好像在和徐家清打招呼似的。徐家清引颈抬头细看，看得他云里雾里，吃惊得张大了嘴。诧异的是，随后这群灰白色的、美丽的“大鸟”在屋后的青杠、香樟、梧桐树上落下了窝。

这天，正是徐家清59岁的生日。

二

经咨询当地的鸟类专家，徐家清了解到：这些“大鸟”名叫苍鹭，是国家二级保护动物。

徐家清是个有心人。最初他担心苍鹭做客几天会飞走，于是他专门在屋前不远处挖了一口十多平方米的浅塘，关上水，又去镇上买来30多斤鲜活的泥鳅、小鱼、小虾，倒入池塘中给苍鹭加餐。徐家清则躲在门缝缝里观察，苍鹭们也领了他的情，舒展着脖子，大快朵颐地享受着浅塘中的美食。

徐家清居住的农舍小院绿树掩映，修竹婷婷，彩蝶穿花，蜜蜂争蕊。小院的东南方向1千米是云龙镇的重点水库——红旗水库，小院的西北方向500多米是河床宽阔的美丽龙溪河。两处水资源鱼虾成群，是苍鹭鲜活的食物链。

有了“地利”，还要有“人和”才相宜。徐家清是个温良人，他很少出门，就是为了观察鹭鸟的习性和生活规律。他先后三次参加了梁平有关部门开办的法律培训班，学习了相关的野生动物保护法律法规。

新春佳节，别人家“爆竹声中一岁除”，徐家清家却从不放鞭炮，只为保障苍鹭有一个安静、温馨的“家”。

徐家清特别提到：“在家中三楼透过墙缝，冬日，能看到鹭鸟拆窝飞离的场面，特别不舍；但早春，又能看到鹭鸟归来铺窝的场景，便特别高兴。”

说来奇怪？不。是有“灵性”的鹭鸟感受到老人家的温情善意，不知从何处，白鹭飞来了，青鹭飞来了，牛背鹭也飞来了，600多只鹭鸟在这里与徐家清幸福地相伴了。

三

白驹过隙，四季更迭。600多只鹭鸟每年寒冬时从徐家清屋后飞去南方过冬。但临近春日，它们就像整齐划一的军人，在一个时间点准会“轰轰烈烈”地翩跹而至。

老徐与鹭鸟在朝夕相处中变老了，昔日的青丝堆上了“雪花”，挺拔的身板变得佝偻了。但他和鹭鸟的感情更深了。

老徐指着飞旋的鹭鸟对我说，他仅凭鹭鸟婉转的声音就能辨别出哪只是苍鹭，哪只是白鹭。“你看回来的那只是青鹭，多精神。”老徐骄傲地称赞道。

青山立屏，湿地织锦，落霞与鹭鸟齐飞，湖水共长天一色，多美啊！

老徐院里的“鹭鸟呈祥图”成为梁平区一个新的打卡地，区内、区外慕名者纷至沓来。

游人中有想出高价购买鹭鸟的，有想恳请要鹭鸟蛋的，有想要小鹭鸟玩的，老徐都果断地予以回绝，并借机向这些人宣传国家的保护政策。

2015年盛夏，三个身着迷彩服的外地人趁着傍晚将至，蹑手蹑脚地移步到徐家清屋后山坡上，见没有其他人，他们则掏出气枪对着树顶上盘旋的鹭鸟便是一通乱射。

不好！有鹭鸟受伤，发出了尖厉的惨叫声。老徐在家中察觉到不对，立马冲出门，跑到山坡上，厉声叫道："你们干什么？不能打鸟！"

见是一位瘦个子老头儿，偷鸟人便置之不理，仍然我行我素。这下老徐急了，朝着一个举枪的年轻人快步上前抱住了他，搏斗中老徐和那个年轻人倒地滚下了坡。偷鸟者怕出人命，就悻悻地跑掉了。

幸运的是，身体硬朗的老徐并没有挂彩。事后徐家清老人被重庆市委宣传部、市文明办评为见义勇为类"重庆好人"；被云龙镇党委、政府评为全镇"善行代表"。

"高田如楼梯，平田如棋局。白鹭忽飞来，点破秧针绿。"鹭鸟的到来，吹皱了徐家清宁静乡村生活的"一池春水"。生命中，老徐已离不开这些鹭鸟了。谈起他和600多只鹭鸟的故事，79岁的他依然豪情万丈。他说，他要和这些"儿女们"和谐快乐地生活下去……

“高田如楼梯，平田如棋局。白鹭忽飞来，点破秧针绿。”鹭鸟的到来，吹皱了徐家清宁静乡村生活的“一池春水”。

看见红岩那一只鸟

杨洪卫

文博副研究员，红色文化研究传播者，爱好民间文化，出版有《天井坪印象》《庙宇民间文化故事》等，偶有作品散见于报纸。

那是怎样一只鸟呢？

2018年仲夏，红岩革命纪念馆荷塘边忽然架起许多“长枪短炮”，只为守候一只鸟的翩跹起舞、惊鸿一瞬。从晨曦初开到暮云四合，摄影师啃馒头、喝凉水，杂着云贵川渝口音小心翼翼地交流。

突然，高亢清脆的鸟鸣从林中深处传来。一道蓝黄色的闪光划过荷塘，瞬间抖下纷纷水滴，如天女散花般在空中映着阳光晶莹剔透。此起彼伏的“咔咔”声，伴着声声或欣慰或遗憾的叹息很快又归于平静，只留下涟漪在荷叶间扩散出不规则的晕圈慢慢地消失。

原来，他们等待的是在红岩村茂密的树林里筑巢安家的绶带鸟。明代王宠诗曰：“星桥北挂泻春流，映出黄山水面浮。霞石天青飞练鹊，桃花气暖醉轻鸥。”诗中的“练鹊”正是绶带鸟。百科解释说，绶带鸟又名寿带鸟，喜栖息在沟谷和溪流附近的阔叶林，是生态环境的检测专家。正是红岩村潺潺溪流、郁郁树林，清幽环境引来“林中仙子”——绶带鸟筑巢育雏。

翻开红岩馆史资料，多年前这片土地还只是荒山深沟，沟里充满了腐臭，夹杂着纸片、塑料等垃圾，溪沟两岸陡峭山坡不时裸露出犹如疤痢的岩石。

荒芜不是红岩，红岩不仅是革命圣地，也是绿色园林。植树护绿、改造环境成了一代又一代红岩人坚持不懈的绿色之梦：治理溪沟，种下花木，精心呵护每一株林木花草的生长，让红岩“芳园年开四季花，桃兰菊梅影婆娑”。

四十余年接力耕耘，现在的红岩村里，层层绿意盎然、错落有致的花树笑迎八方佳客。樱花园花开如纷雪，牡丹园似锦笑春风，银杏树金黄满地，红梅园艳红傲深冬。沁园春广场前，经常有党性教育班的学员纵声诵读：“北国风光，千里冰封，万里雪飘……”“映日荷花别样红”的出水芙蓉，构成夏日里红岩又一美景。

而我，更是深刻地感受到红岩生态之美。由于工作岗位的特殊让我屡屡有缘偶遇小动物。一天晚上正巡逻，走到大有农场牌坊，突然从右面草坪里蹿出一只小动物，一双绿莹莹的眼睛逼得我停下脚步，朦胧路灯映照出它油亮的黄棕色锦缎光滑的皮毛。它似乎并不怕我，和我对视片刻，然后从容隐入夜色中。

宁静的早上或是游客稀少时经常会遇上竹鸡。伴随着树叶的沙沙声，林间空地就会出现三五只毛茸茸的小东西自由地穿来穿去，这是竹鸡一家在觅食散步。它们并不怕人，有时会径直朝我慢慢地走过来，离我五六米时又折向林中。偶尔还有一两只会偏过头来打招呼似的看我一眼，然后在家人的“啾啾”声里自顾自地跟上队伍悠然而去。

至于遇上松鼠或是大大小小色彩纷呈的鸟儿更是常事。

去年，以“红色三岩”为依托的红岩文化公园一期正式亮相，成为市民又一休闲打卡胜景之地。

红岩文化公园建设可谓于荒坡处创美景，化荒芜为神奇。从大坪往下看，轨道9号线和火车桥梁亲密地肩并肩露出时代印记，然后又羞涩地隐入山体里；彩色健身步道隐隐约约如一条舞动的绸带在林海滑行，一步一景，美不胜收。徜徉于红梅、紫薇、红叶李、樱花公园里，夹着大片草坪、花海。大大小小、各种各样的鸟儿在枝头上高飞低跃，炫技般秀出身段歌喉，一时引得林中鸟声此起彼伏，弹奏出自然和谐的音符。

红岩革命纪念馆、新华日报总馆旧址掩映在绿树红花间，让人一下子触摸到了深邃时光里历史的脉搏。伟人“新华方面军”言犹在耳；“红岩荒谷耳，抗战显光辉”，“四岁小新华，英明信可夸”的红岩诗行漫浮起大大小小、各种各样的鸟儿在枝头上高飞低跃，炫技般秀出身段歌喉，一时引得林中鸟声此起彼伏，弹奏出自然和谐的音符。

来。不禁又忆起红岩英烈蓝蒂裕遗诗《示儿》：愿你用变秋天为春天的精神 / 把祖国的荒沙 / 耕种成为美丽的园林！

“变化太大了，以前这里还是长满杂草的荒坡和一条污水沟，我这个老渝中人都快认不出来了。”一个游人的话把我拉回现实。

是啊，两年前，驻守新华日报总馆旧址的同事曾不停地抱怨：“晴天一脚泥，雨天泥腿子。”而现在，经常会自豪地说：“每天清晨叫醒我们的不是闹钟，而是清脆的鸟鸣！”

这就叫幸福。

与谁同坐？明月清风我

兰世秋

重庆市作家协会会员，重庆文学院第三届高研班学员。

《红楼梦》第十七回写的是，14岁的贾宝玉因为好友秦钟的去世而郁郁寡欢，贾母便让他到刚刚建好的大观园去游玩散心。

大观园是贾府为迎接入宫的长女元春省亲而建。那一天，贾政带着门下清客参观大观园，碰巧遇到宝玉。

于是，贾政便带着宝玉去游园了。

佳木茏葱、藤萝掩映、雕甍绣槛、花柳园亭……一行人行走于大观园之中，题咏山水。

一山一石，一花一木，中国建筑的园林之美在其中展现得淋漓尽致。

少年时读《红楼梦》，这一章我几乎是一掠而过的。那个时候的我只关心宝哥哥和林妹妹的爱情。园林，在我看来是有些文人的“矫揉造作”的。

住在我家隔壁的陈叔叔在屋里摆了一盆小小的盆景，他是我们那一片小有名气的“文化人”。每天下班回到家，他就围着盆景这里弄弄，那里弄弄，消磨掉个把小时。这让我百思不得其解，那不太高大的植物、那几块小石头，有那么好看吗？

我生活的小城有清秀的山峦、飞扬的瀑布，还有一条清水江绕城而过。我时常会和小伙伴一起到山上去采无名的野花，捉敏捷的蚂蚱，在山洞的“秘境”里穿梭，在草地上漫无目的地疯跑——那是无忧无虑的少年时光啊。

大学毕业后，我留在了比故乡繁华很多的大城市。城市很大，但我的住所却很小。那是一间从平街进入，还得再下 5 层楼的地下室。

房屋一壁临崖，终年不见阳光，山城的湿气像无边的海一样沁润着这里的每一处。时间久了，不常穿的皮鞋表面长出了一层细细的白色绒毛，被子永远都是润润的，缺少干爽阳光的味道。有一天，我甚至惊异地发现，一把木头椅子上居然长出了一朵蘑菇。

再后来，我结了婚，搬到了新家。这一次我没有再住地下室，而是选择了房屋的顶楼，平街进入，再往上爬 7 层。房间变大了，但没有阳台。

每天忙于工作，忙于打拼，忙于努力地在这座城市站稳脚跟。有时透过家里的窗户往外望，看到的是一片钢筋水泥的丛林。这让忙碌的心有再一次被困住了的感觉。

于是，我开始到山水中去寻找青葱绿意，寻找露珠与晚霞。

疲惫时、委屈时、想家时，我总会到附近的南山去走一走，看春花灿烂、秋叶静美；看夕阳西下，看皓月当空。

有一次，我带着8岁的儿子爬上山巅，我们相约对着山谷喊出自己的心愿。小小孩童双手围成喇叭，大声喊道："我再也不想当班长了！"

原来，小小孩童也有不想"上班"的烦恼啊！童声在山谷回荡，母子俩相视而笑。

一个偶然的机会，听到学者蒋勋先生的"细说红楼"音频，谈到《红楼梦》第十七回时，他是这样解读：园林，常常是古代人散心、疗伤的地方，因为园林中基本上是山水，是自然。西方人在现实世界里受伤的时候，常常会求助于宗教，中国人则是求助于山水。

难怪我们的山水画、山水诗这么盛行，园林建筑这么发达。

"春知催柳别，江与放船清。农事闻人说，山光见鸟情。"诗圣杜甫漂泊至夔州（今奉节）时，仕途失意，人生坎坷，他却在山水中感受着人们对生活的期待，留下这首《移居夔州郭》。

诗仙李白流放至此遇赦，狂喜之中同样寄情山水，写下千古名句：“朝辞白帝彩云间，千里江陵一日还。两岸猿声啼不住，轻舟已过万重山。”

我在那一瞬间理解了园林的意义。

山水可以疗愈人的心灵。园林艺术就是把人们向往的山水搬进了园子里。这也是生态理念在古人建筑设计中的精华体现。

古代的文人士大夫，在朝堂之上，遵循着君君臣臣的规矩，忙于各种政务；回到家中，终于可以放下沉重的公务，在自家园林的山水中做回真正的自己。

每个人心中都有一亩地，用它来种桃，种李，种春风。

可是，拥有自己的私家园林对大多数普通人而言，是遥不可及的梦想。

幸运的是，近年来，随着建筑行业的发展，生态理念越来越多地融入社区、住宅设计中。园林梦，不再那么遥不可及。

人到中年，再一次搬家，我选择了南山脚下。小区植被繁茂，四季山水可以疗愈人的心灵。园林艺术就是把人们向往的山水搬进了园子里。这也是生态理念在古人建筑设计中的精华体现。

有花。

回家，就像走进了静逸而又自然有趣的南山林境。

我尤爱那一小片杉树林，它们高大挺拔、形姿俊秀、直指云天。我喜欢在周末的清晨走近它们，心里轻轻地说一句：嗨！你们好呀。

我还在自家的阳台上种上了一棵小树。那是一棵可以倾听我心事的树。

背靠南山，面朝长江。闲坐时，围着这棵树，亲朋相伴，万里山河入目，品一口新茶，暗香浮动。

此刻，李太白“举杯邀明月，对影成三人。”陶渊明“采菊东篱下，悠然见南山。”杜子美“舍南舍北皆春水，但见群鸥日日来。”……

更多的时候我选择独坐于此，享受这样的独处时光，抬头有明月，耳畔有清风，仿佛回到了无忧的少年时。

我会默看流云似水，听那棵树拔节生长的声音。

我会效仿苏东坡自问自答：与谁同坐？明月清风我。

我的园子

李红梅

中学高级教师，重庆市九龙坡区作家协会会员。

一

园子里，茉莉花开了。炽烈的白昼日光里，静寂无人。有浓郁的芳香在滚烫的热浪里蒸腾，飘散。无须观众，她深知自己的美，绽放，与他人无关。

我会在晨练时驻足，任芬芳在吐纳间沁入肺腑。有小小的花骨朵越来越饱满，眉眼间流光溢彩；也有的被花萼深深包裹，还有些青涩。有时，我弯下腰去，爱怜地替她整理被仙人掌挡住的枝叶，让她能舒展一些；也会温柔地捡拾掉落在枝叶上的枯枝——高大的乔木落叶了，他在高处，她在低处。生命中总有一些不期而遇，穿越时空，只为匆匆一瞥。我知道，她的记忆里会留有他经过的痕迹，会留有余温，在秋风渐起时，温暖犹在。但我不得不一次次捡拾——生活就是这样，不得不面对生命中的一些来来往往，愿与不愿，都逃不开命运的安排。

这株茉莉，在园子里栽种已有三载。以前，她总是瘦瘦小小的，也不怎么开花；今年，物业管理对日渐疯长的林木可能造成的隐患重视起来，多次修剪，布满枝叶的天空可算是露出来了。茉莉的天空也明亮起来了。她开始舒枝展叶，身姿逐渐丰满；她一天天蓄积力量，孕育出一茬儿又一茬儿花苞。

于是，花一茬儿又一茬儿地开。

因为，她本来就是要开花的。我懂得。

二

这株黄桷兰本来长在母亲的阳台上，长在她阳台一隅的花盆里。春季的一天，我回家看见她了，她从小镇那头，来到了我的园子里。

我问母亲怎么回事儿。母亲说，这株黄桷兰在花盆里养了多年，修剪了很多次，枝干还是越来越粗，枝叶还是越来越密，花盆养不了她了。我的园子够大，应该够她自由疯长的。我想想也是，就留下了她。我不知道她愿不愿意，她不言不语更无脚；她在哪里，去哪里，全在他人的一念之间。

一个月过去了，两个月过去了，她就那么矗立在那里，好像一直就那么高、就那么绿，容颜不改。我有点儿疑惑，如果她来时我数过叶片的话，我相信她连叶片都没变过一片。她是在思念母亲的阳台吗？她怎么这么固执地不变呢？

夏天来到了，她开花了，不多，两三朵。连花形也像开在母亲阳台上时那样小小的，并没有如母亲所愿自由疯长。而花香馥郁，无论书房还是卧室，只需一朵，就花香盈室了。

有一次，我问母亲是怎样移栽的。她说，是把黄桷兰从盆里取出来，就连根带土种下去了。

原来，她是带着记忆而来的。她的根，以前被小小的盆缚住了；后来，被和盆一样大的泥土缚住了。她把自己禁锢在有限的盆土里，已经忘记了怎样深深地向地下扎根。所以，无论身在何处，她就一直一直地，长在盆里了。

原来，她是带着记忆而来的。她的根，以前被小小的盆缚住了；后来，被和盆一样大的泥土缚住了。她把自己禁锢在有限的盆土里，已经忘记了怎样深深地向地下扎根。

三

花盆里的那株飘香藤死了。

我有些不明白。

今年的气温一直居高不下，尤其是小暑以后。说是三十八九度，其实四十度以上也是常有的事。园子里，无花果、白掌、君子兰、杜鹃……它们的叶子被烈日炙烤，焦了、落了；就连铁树的叶子也被烤得焦黄焦黄的；紫乐以喜暖著称，是园子里唯一存活下来的多肉，历经几载考验的元老，也在高温的炙烤下褪去了最初的丰硕和圆润，枯瘦了。而我的飘香藤，依然是叶片碧绿，偶有黄叶坠落，也是无妨。我以为，它会顺利度过酷暑，秋季的时候，是会再次给我奉上火红的、喇叭样的花朵的。

而有一天，我忽然发现，它暴晒在初秋的阳光下，枝枯叶落。我把它浸泡在池子里，想用清凉的池水唤回它，却是迟了。已立秋了呀，它禁受住了酷暑的烈日，怎么却禁不起秋日的阳光呢？

我为杜鹃搭起过遮阳板，我把双色茉莉、白掌次第浸泡于池水，我把无花果、君子兰挪进房屋避暑，就是没有想过我的飘香藤。我以为它足够顽强，却不知道再强大的生命都经不起一味地索取。它是感受到了我的漠视和冷落，不愿再开出绚丽的花朵来了吧？

四

孩子们喜欢花，也喜欢在特殊的日子里送老师们一朵朵小花儿。三八妇女节那天，案头上就又堆上了一朵朵花儿了。

真的、假的。塑料的、布绒的。有玫瑰，有康乃馨，有百合，也有小小的满天星，用作陪衬。

时值周末，出于怜惜，我把鲜花一朵朵地挑出来带回家。拆掉包装纸，一枝百合，几朵玫瑰，几朵康乃馨，几枝满天星，竟组成一束高低错落、婀娜多姿的插花。

来去之间，百合清香扑鼻，玫瑰馥郁芬芳，成为家中一道美丽的新景。

花儿时有凋零。某一日，一朵玫瑰耷拉下来，我把它择出来，重新调整花儿们的位置，丝毫不影响插花的美观。又一日，一朵百合枯黄了，便用剪子连花蒂一并剪掉，剩下的几朵斜挑枝头倒更艺术了……一周过去，这束鲜花只剩下了最后一朵火红的康乃馨，我把大花瓶换作小玻璃瓶，一枝独秀，也很不错。

好比随遇而安的生活，无论身处何时何地，只要以积极的心态不断调整，每一段旅程，都会拥有属于自己的美丽风景。